MW01608442

LA CHANSON DE CHARLES QUINT

ERIK ORSENNA
de l'Académie française

La Chanson
de Charles Quint

ROMAN

STOCK

© Éditions Stock, 2008.
ISBN : 978-2-253-12610-2 – 1ʳᵉ publication LGF

Pour Louise.

Comment vous expliquer d'un mot, vous qui ne l'avez pas connue ? Comment la saluer au plus juste, maintenant qu'elle n'est plus ? Quel portrait d'elle puis-je toujours garder sur moi, que personne ne me vole, et pas même la vie qui passe ?

J'ai cherché des ressemblances parmi les êtres humains, parmi les animaux et les plantes.

Et je n'en ai pas trouvé.

J'ai dû regarder ailleurs.

J'ai dû lever très haut les yeux.

Cette femme était un soleil.

Un soleil percé de deux yeux bleus.

Un soleil perché sur des jambes de danseuse, c'est-à-dire aussi longues que solides et d'abord rebelles : refusant de marcher comme tout un chacun, des jambes qui inventaient des pas venus d'on ne savait où, des jambes toujours prêtes à quitter le sol pour battre dans l'air d'étranges mesures, des jambes, il suffisait d'y poser un doigt pour partir en voyage.

Un soleil très différent, vous l'avez deviné, du soleil officiel : aucune routine dans ses trajets. Ce soleil-là pouvait surgir n'importe quand et n'importe où, à n'importe quel endroit du ciel ou de la terre.

Un soleil imprévisible, un soleil *lunatic*, un enfant de Lewis Carroll.

Un soleil qui réchauffait de jour comme de nuit : un soleil généreux, un soleil inventif.

Un soleil à éclipses : alors, il fallait le prendre dans ses bras pour qu'il accepte de se rallumer.

Un soleil qui prenait le temps.

Un soleil qui n'aimait rien davantage que parler aux enfants.

Un soleil rencontré au début de novembre.

Encore faut-il, pour comprendre l'histoire, que vous appreniez dans quel univers était tombé ce soleil au début de novembre.

Il était une fois, cinquante années plus tôt, une famille française.

Une famille française banale : joyeuse d'avoir réchappé à la Deuxième Guerre mondiale, qui venait de finir.

C'est dans ce climat général de soulagement, de gaieté, de croyance dure comme fer en un futur plus fraternel et de restrictions alimentaires que cette famille française avait imité les familles voisines, c'est-à-dire engendré.

Deux garçons.

Suivis, bien plus tard, d'une fille.

La mort venait de ravir Staline à l'affection des siens. L'Amérique veillait tendrement sur l'Europe de l'Ouest, dont six pays, n'écoutant que leur sagesse, s'apprêtaient à mettre en commun leur production de charbon et d'acier.

Et les Algériens pouvaient toujours rêver : ils avaient beau s'agiter, ils n'obtiendraient jamais, jamais, jamais l'indépendance.

Tout s'annonçait donc pour le mieux dans le meilleur des mondes.

Hélas, l'amour n'allait pas de soi au sein de cette famille française. Pour des raisons innombrables dont la principale, tout bien réfléchi, était la peur. Je n'en dirai pas plus. Vous le savez comme moi : la peur étouffe l'amour plus certainement qu'aucun autre serpent.

Bref, rue de Vaugirard, au coin du boulevard Pasteur, dans l'appartement où avait emménagé la famille française et d'où l'on voyait passer et repasser le métro aérien, le quotidien manquait de légèreté.

Mais cette famille française, dont je suis le fils aîné, avait une parade. Sitôt que l'ambiance se faisait trop lourde, l'un ou l'autre posait un disque sur la platine du gramophone. Et la famille française écoutait de la chanson française. Et la famille française retrouvait le bonheur : le père souriait à la mère qui lui tenait tendrement la main. Et les enfants savouraient ce tableau d'amour, preuve vivante que leur présence sur Terre avait été infiniment souhaitée. De temps en temps, l'un de nous tapait doucement sur la tête du chat Montlhéry, car il ronronnait trop fort. Ce chat avait pris le nom de l'autodrome où mon père, pilote de talent, tournait et retournait les dimanches.

Ferré, Brassens, Catherine Sauvage, Piaf, Trenet, Gréco, Stéphane Golmann... Quand c'était au tour de Colette Renard, on nous demandait de sortir : ses paroles « n'étaient pas pour les enfants ». À si souvent écouter ces artistes, je les prenais pour des oncles, des tantes. Avant chaque repas de Noël ou d'anniversaire, je demandais lequel, laquelle allait venir mettre sa chaussure sous le sapin ou m'aider à souffler mes bougies. Francis Lemarque ? Patachou ? Henri Salvador ?

Cora Vaucaire était la préférée de mes parents.

Un soir, sortant de mon bain, je les ai surpris en plein conciliabule.

– Décidément, tu es fou, disait ma mère.

– Ils dormiront mieux demain, répondit mon père.

Et c'est ainsi que nous nous sommes retrouvés, mon frère et moi, dans une pièce minuscule, écrasés par une foule de grandes personnes, aveuglés par la fumée de leurs cigarettes. Le cabaret s'appelait L'Échelle de Jacob. Nous n'avions pas dix ans. La lumière s'est éteinte. Un visage a paru.

> *Frédé joue-moi sur ta guitare*
> *l'histoire où l'on s'aime toujours...*

J'ai voulu me retourner pour regarder mes parents. Impossible : il y avait trop de monde, le moindre mouvement m'était interdit. Qu'importe, je les savais heureux.

> *Ce soir je me sens le cœur lourd*
> *J'ai besoin de chansons d'amour*

Vingt chansons, vingt histoires plus tard, retrouvant la rue Jacob, j'étais tombé malade. D'une maladie qui ne m'a plus quitté.

Mon petit frère a résisté. Sans doute, il avait l'âme plus forte. Sans aucun doute.

Mais moi, j'ai cédé. Une maladie m'a pris cette nuit-là, dont j'ai mis des années et des années à comprendre le mécanisme.

Les deux frères grandirent, puis ils prirent de l'âge.

Ils vivaient dans la même ville mais chacun d'un côté du fleuve.

Je pourrais donner leurs prénoms. Mais à quoi vous serviraient-ils ? Les prénoms sont partagés par trop de monde sur terre.

Je préfère appeler les deux frères par leur manière d'aimer.

Le frère aîné (le frère atteint par la maladie de la chanson) n'avait cessé d'emménager puis de déménager, de maison en maison et d'amour en amour.

Le frère cadet avait rencontré un amour à seize ans et ne l'avait plus jamais quitté. Il faut dire que cet amour ne ressemblait à personne. Pas la moindre similitude avec les demoiselles alors ambiantes. Un visage des confins de l'Asie, quelque part vers le Caucase ; un corps embarrassé de sa longueur ; une allure de princesse timide. Juste au-dessus de ses très hautes pommettes brillaient deux yeux clairs. Mi-rieurs, mi-terrorisés.

Il était une fois deux frères : un frère à l'amour morcelé et un frère à l'amour unique.

Et ils s'enviaient.

Deux frères s'envient toujours.

Il se pourrait bien que la fraternité, la profondeur et la violence de la fraternité, ait pour origine ce moteur unique : la jalousie. Un père ou une mère aime forcément un frère plus que l'autre et la ronde des jalousies commence, qui ne s'arrêtera plus.

Les deux frères s'enviaient donc.

À voix haute, l'aîné (le frère à l'amour morcelé) enviait son cadet de vivre un amour unique. Le cadet accueillait cet hommage en souriant, un peu las, un peu fier, toujours protecteur.

À ces moments-là, l'aîné, d'agacement, aurait tué le cadet. On peut tuer d'agacement.

L'aîné prenait sur lui. La fraternité est aussi difficile à mener qu'un amour, se disait-il. Je n'ai pas réussi à faire durer un seul amour. La fraternité sera mon chef-d'œuvre, la preuve que moi aussi je suis capable de constance.

L'aîné serrait donc les dents, en attendant que sa colère passe.

Elle passait.

De temps en temps, l'aîné recevait sa récompense, une sorte de dédommagement. Lorsque, à la dérobée, croyant n'être pas vu, le cadet regardait son aîné.

Dans les yeux de son petit frère, l'aîné voyait

un aveu. Un aveu qui n'irait jamais jusqu'aux mots. Car s'il allait jusqu'aux mots, cet aveu, il trahirait et peut-être assassinerait l'amour unique. Mais s'il demeurait dans le regard, l'aveu ne blesserait rien ni personne. Un regard n'est pas une preuve. Aucun tribunal ne l'acceptera pour telle.

Cet aveu du frère cadet (le frère à l'amour unique) était un regret.

Le regret, l'âge venant et l'heure approchant du moment où la porte de la sexualité se fermera pour toujours, le regret de n'avoir pas connu autant de femmes que son frère. Le regret, en fait, de l'amour morcelé.

Les deux frères avaient un lieu de rendez-vous. Ils n'en avaient pas changé depuis l'enfance. Leurs parents avaient déjà coutume d'y célébrer les grands événements de la vie familiale : les entrées en sixième, la naissance de la petite sœur, la visite à Paris de l'oncle brésilien et de sa très belle, et si gentille, seconde épouse, bien plus gentille que la précédente (et tout aussi belle)...

Ce lieu était un restaurant. Russe. Chez Dominique, 19, rue Bréa.

On y entendait toujours des éclats de disputes, venus de l'arrière-salle et soudain des chansons et de nouveau des disputes.

— Qui sont ces gens si bruyants ? demandions-nous.

– Des Russes blancs.

– Qui sont les Russes blancs ?

– Des exilés. Ils ont quitté leur pays.

– Vous croyez qu'ils retourneront un jour chez eux ?

– Sans doute jamais.

– Alors ce sont des fantômes ?

– Si vous voulez, les enfants, mais ne vous bourrez pas de pain !

Pourquoi avoir choisi pour nos fêtes un restaurant de fantômes ?

Pourquoi ces dîners encore et toujours chez Dominique ?

Mon frère avait depuis longtemps tout compris.

– Tu n'as pas deviné ? Dans ce restaurant de fantômes, nos parents pensent que leur fantôme à eux passera inaperçu.

– De quel fantôme parles-tu ?

– Mais de leur amour, imbécile !

– Quel amour ?

– Je reviendrai quand on m'aura livré un autre frère, nettement moins bête.

Un fantôme régnait sur la maison, le fantôme de l'amour que nos parents se portaient l'un à l'autre. Mes pauvres parents ! Ils avaient bien lutté pourtant. Mais cet amour n'avait pas survécu. Malgré le soutien des chansons d'amour (ou peut-être à cause de leur secrète malfaisance). L'amour s'était changé chez nous en chagrin d'amour. Et qu'est-ce qu'un fantôme sinon un chagrin ?

Vous comprenez maintenant pourquoi nous avons l'habitude des fantômes, dans la famille.

Que faire devant le spectacle de l'amour unique ?

On s'émerveille et surtout on s'agace. On s'agace de l'harmonie et on s'agace des petits ridicules de l'harmonie : les mon chéri, ma chérie entrelardant toutes les phrases ; les deux transats et rien que deux dans le jardin ; les abandons d'autonomie : « *nous* avons détesté ce film ».

Mais il y a d'autres agacements autrement plus sévères, notamment l'agacement de ne pas réussir à imiter.

Comme de bien entendu, le frère aîné voulait lui aussi son amour unique. Aimer dès le premier regard. Et bien sûr pour toujours. C'est ainsi que commença la ronde.

À toutes les femmes rencontrées, il se mit à proposer de devenir son amour unique. Générale-ment, la femme rencontrée s'esclaffait. Ou, quand elle tentait l'aventure, ne restait pas. Comment vivre à l'ombre d'un véritable amour unique ? Comment vivre dans la comparaison permanente de l'amour unique ? Donc, le frère aîné se retrouvait seul. Jusqu'à ce qu'il rencontre une autre femme. En laquelle il croyait dur comme fer. À peine la future cobâtisseuse de l'amour unique avait-elle accepté un premier dîner que le frère aîné téléphonait à son frère cadet.

– Nous arrivons.

– Pardon ?

– Moi aussi, j'emménage dans un amour unique. Je peux venir vous la présenter ?

– Tu la connais depuis quand ?

– Quelle importance ? Je sais que, cette fois, c'est elle.

Et c'est alors que recommençait l'agacement. Un agacement qui, souvent, ressemblait fort, si fort à de la fureur.

L'amour entre frères est un grenier plein, débordant d'agacements. Des agacements légers qui ne tiennent pas plus qu'un nuage. Et d'autres qui deviennent des rages, lesquelles engendrent des mots violents, lesquels engendrent des brouilles plus ou moins durables, parfois définitives. Il y a d'autres agacements encore, de pire espèce : ils s'enkystent, s'enfoncent sous la peau, de là gagnent le cœur, invisibles mais toujours présents. Les deux frères se voient toujours, s'embrassent, se sourient mais se haïssent à jamais.

Je ne sais à quelle catégorie rattacher le double agacement des présentations.

À chaque nouvel amour, le frère aîné avait donc pris cette manie de courir le présenter à son frère cadet : son avis importait plus que tout. De cet avis même dépendait, de fait, la poursuite de cet amour. D'où le premier agacement, celui du frère cadet.

En reposant le téléphone, il disait à sa femme :

– C'était mon frère.

– J'avais deviné.

– Tu te rends compte, il ne l'a rencontrée qu'avant-hier. Comme s'il ne pouvait pas attendre un peu, le temps d'éprouver un peu...

– Sois indulgent.

– Il nous manque de respect. Et peut-être...

– Peut-être ?

– Peut-être qu'à fréquenter ces caricatures de sentiments, notre amour va en prendre ombrage !

– Allons donc ! Notre amour le connaît, ton frère, depuis le temps...

Tel était l'agacement du cadet.

L'agacement du frère aîné avait toujours la même cause : il n'appréciait pas, il n'apprécierait jamais la manière dont son nouvel amour avait été accueilli par son frère et sa belle-sœur, les professionnels de l'amour unique.

– Je vous présente M. (ou C., ou C., ou B...).

– Bonjour.

Au mieux de la réserve, une réserve polie, alors

que le frère aîné attendait de l'enthousiasme : comment ne pas acclamer les débuts d'un amour unique ?

S'ensuivait soit un silence furieux qui pouvait aller jusqu'à plusieurs semaines. Soit un coup de fil immédiat.

– Cela ne vous empêchait pas d'être aimables !

– Quoi donc, « cela » ?

– J'ai tout de suite vu qu'elle ne vous plaisait pas.

Le frère cadet argumentait que c'était la troisième présentation de l'année, qu'une certaine froideur était normale au début, qu'en donnant dès l'abord leur affection ils risquaient, sa femme et lui, des déchirements si par malheur (comme toujours) une séparation s'ensuivait, donc il est normal que nous nous protégions...

Le frère aîné ne démordait pas de son agacement, raccrochait et leur fraternité tanguait, manquait de couler.

Mais la fraternité survivait.

Sans doute les Russes blancs y veillaient-ils ? Jamais le rituel du dîner ne fut manqué, premier mardi de chaque mois.

Les deux frères avaient le même métier : les histoires. L'aîné les inventait, pour que des gens, appelés « lecteurs », les achètent. Le cadet les écoutait, pour en débarrasser d'autres gens, appelés « patients », qui les racontaient. La seule vraie différence était dans le mode de rémunération. L'un recevait des droits d'auteur, l'autre des honoraires.

Souvent, chez Dominique, au troisième ou quatrième verre, avec cet attendrissement sur soi-même, cette tendre indulgence que seul peut donner l'alcool, ils se rappelaient l'un l'autre qu'ils étaient restés fidèles à leur premier combat : toi et moi, nous n'aurons jamais cessé la lutte contre le silence.

— Tu te souviens quand notre père et notre mère ne se parlaient plus...

— Quand nous n'osions pas parler non plus...

– Et qu'on mettait un disque tout bas...

– Tu crois que c'était pour ne pas oublier l'existence des mots ?

Le temps coulait pour le cadet sans qu'il puisse se raccrocher au moindre repère. Installé solidement dans son amour unique, n'ayant pas eu d'enfant, ni souffert d'aucune maladie grave, ni connu d'événement professionnel majeur, les années passaient sur lui comme de l'eau.

De son aîné, au contraire, on aurait pu croire qu'il s'était évertué à multiplier les marques, les jalons. Peut-être ne supportait-il la vie que datée, découpée en des époques bien déterminées ? Chaque prénom de femme était pour lui une saison. Son frère s'y perdait, bien sûr. Il gardait seulement souvenir des changements de rythme.

– C'était ta période frénétique, non ? Je me souviens d'un défilé permanent.

– Exact pour le défilé. Mais je n'ai jamais été si moral. Je m'étais fixé la plus rigoureuse des règles : quitter une femme à la seconde où, durant l'amour avec elle, l'image d'une autre me venait.

– C'est une règle imbécile.

– Pourquoi donc ?

– Si tout le monde la respectait, personne ne resterait avec personne.

– Pas même toi ?

– Pas même.

– Voilà qui m'intéresse.

L'aîné attendit la suite sans hâte.

Il savait que la plus anodine des révélations mobilisait le corps entier de son frère. Le pauvre commençait à trembler. Puis grimaçait (signe que son estomac se tordait). Il pâlissait, battait des paupières, se passait et se repassait la main dans les cheveux. Les serveurs qui ne le connaissaient pas s'inquiétaient.

– Tout va bien, monsieur ? Vous voulez un verre d'eau, que j'ouvre la porte pour faire un courant d'air ?

Lorsqu'il se mettait à suer, légère sueur aux tempes, c'était que les mots n'allaient plus tarder. Vous avez deviné : j'évoque ces quelques troubles par basse vengeance. J'ai toujours trouvé mon frère trop beau.

– Si elle savait... Je ne cesse pas de tromper ma femme.

– Pardon ?

– Avec le souvenir de sa jeunesse.

– Que veux-tu dire ?

– Je la trompe avec le souvenir de notre jeunesse. Le souvenir d'elle et de moi plus jeunes, si tu préfères.

Le frère à l'amour unique regarda en tout sens, comme confus d'avoir parlé trop fort. Il se mordit les lèvres. Des minutes, beaucoup de minutes s'écoulèrent.

L'aîné restait perplexe.

Que fallait-il penser de cet aveu ?

Souvent, son petit frère s'était inventé des faiblesses par pure générosité. Pour ne pas écraser son aîné sous le poids de ce glorieux et inaltérable amour unique.

L'aîné pensa qu'ils passaient de plus en plus de temps à se rassurer l'un l'autre, eux qui avaient commencé leur vie à se battre sauvagement (les quinze premières années).

Était-ce le monde qui devenait plus menaçant ? Ou leurs forces pour y vivre qui s'amenuisaient ?

– Écoute ton aîné, mon frère ! Tu n'as rien à te reprocher. Tu aimes l'entièreté de ta femme. Et ta femme, comme nous tous, et ça ne va pas s'arranger, est davantage son passé que son présent.

– Tu as peut-être raison.

– Pardonne mon indiscrétion mais, quand tu la caresses, ta main ne se contente pas d'un petit morceau de peau. Ta main la parcourt toute...

Ils rougirent.

– Eh bien avec le temps c'est pareil. Pauvre de toi, et pauvre de vous, si tu n'aimais d'elle que l'instant présent, cette île éphémère et (il prit son souffle) infinitésimale.

– Merci.

À ce moment-là, le bourgueil aidant, la conversation dériva vers des régions improbables où tout est dans tout et l'émotion partout.

– Moi, je vais te dire : c'est plus grave de se forcer que de tromper !

– Moi, je vais te dire : qu'est-ce que tu y peux si ton cerveau fantasme ?

– Je voudrais bien savoir le purger, celui-là.

– Ne t'inquiète pas, l'Alzheimer le nettoiera tout seul.

– Moi, je vais te dire : les fantasmes sont des fantômes.

– Moi, je vais te dire : pour l'intelligence de cette sentence, ce soir, c'est moi qui paie.

Ils se quittèrent comme souvent, titubants et quatre fois contents : chacun content de soi et content de l'autre.

– Rentre bien.

– Dors bien.

Lorsqu'ils étaient plus jeunes, ils se quittaient vite et net : d'autres pensées les occupaient à peine s'étaient-ils embrassés. C'est sans doute que la vie, en eux, avait alors plus de ressort.

Maintenant, ils craignaient la nuit. Ils se raccompagnaient en pensée jusque devant leurs portes. Ils se retenaient de ne pas s'appeler. Ils cédaient parfois, en rusant. De pauvres ruses qui, bien sûr, ne les trompaient pas.

– Ah ! tu es déjà chez toi ? J'étais sûr de tomber sur ton répondeur. J'ai oublié de te dire...

Pour un peu, histoire de s'endormir l'un l'autre, ils se seraient chanté à l'appareil l'une des berceuses de leur enfance. *Aux marches du palais. Brave marin revient de guerre.* Ou ils auraient appelé à l'aide l'un de leurs héros préférés : Jean Bobet « l'intellectuel du peloton », Juan Manuel Fangio, « le meilleur conducteur du monde » voire Loys Van Lee, commentateur de boxe, un homme capable de prononcer ce genre de phrases aussi élégantes que sibyllines : « Décidément, cet Alphonse, quoique élève de M. Jean, n'est pas un puits de science pugilistique. »

De temps à autre, le téléphone sonnait.

– Ton frère n'est pas rentré.

C'était la cofondatrice et cogestionnaire quotidienne de l'amour unique. En d'autres termes, ma
belle-sœur. Chaque fois, il fallait la rassurer.

– Tu sais bien où il est.

– Il ne risque rien ?

– Rien. Et toi non plus. Vous risqueriez beaucoup plus tous les deux s'il se privait d'y aller.

– Encore la Guerre ?

– Bien sûr ! Qui veux-tu d'autre ?

Le frère cadet avait rendez-vous avec ses fantômes.

Des fantômes en grand nombre, exactement
trois millions de fantômes.

Pour tenter de comprendre comment lui était
venue cette immense famille d'ombres, une visite
au passé s'impose.

Dès l'âge de cinq ans, alors qu'il commençait
d'ausculter la poitrine puis d'ouvrir le ventre de
tous les nounours qu'on lui offrait, mon frère

réclamait à son grand-père, encore et encore, des histoires de 14-18. Lequel s'exécutait, ravi, malgré les protestations générales : « Ces épouvantes ne sont pas de son âge ! » « Vous allez truffer ses nuits de cauchemars ! »

Rien n'y avait fait. Ni les menaces. Ni les interdictions de se voir. À Noël ou aux mariages, le vieil homme et le bambin trouvaient toujours moyen de s'isoler. Si bien que, à dix ans, mon petit frère connaissait déjà tout de la géographie du carnage : Verdun, les Éparges, le bois Belleau, le Mort-Homme...

Au fond, mon frère avait besoin de la Grande Guerre comme d'autres de leur jardin. Dans un jardin, on a rendez-vous avec la nature, un résumé de l'immense et diverse nature. Dans la Grande Guerre, on est certain de retrouver l'horreur, le concentré et l'extrémité de toutes les horreurs et stupidités dont l'espèce humaine est capable.

Régulièrement nos parents étaient convoqués par les autorités scolaires.

— Madame, monsieur, dernier avertissement : si votre fils recommence, il sera renvoyé.

— Qu'a-t-il donc fait ? Ses notes sont parfaites.

— Il n'a rien trouvé de mieux que raconter aux maternelles la tranchée des baïonnettes.

Cet épisode tragique – pas plus tragique que des milliers d'autres – était son favori, son morceau de bravoure : la chute d'un gros obus avait décapité une butte, la terre avait glissé, un groupe de soldats avait été enseveli. On les avait laissés debout, comme la mort les avait pris, la pointe de leurs baïonnettes dépassait de l'herbe.

Les parents s'inclinaient, présentaient de plates excuses.

— Nous luttons, croyez-nous, madame la directrice, monsieur le proviseur, il n'y a rien à faire, il revient toujours à 14-18.

— Mais enfin ! N'a-t-il pas d'autres intérêts dans la vie ? La philatélie ? Le scoutisme ?

*
* *

— Tu ne t'inquiètes pas de ses absences ? demandait-on à la femme de l'amour unique.

— Je m'inquiète.

— Et tu ne cherches pas à savoir où il va ? s'acharnaient tous ceux qu'exaspérait cet amour unique — ce reproche vivant, cette preuve incontestable qu'un tel amour était possible –, tous ceux qui auraient tant voulu le voir voler en éclats, cet amour unique, se fracasser sur la banalité d'une aventure extraconjugale.

— Je ne cherche pas à le savoir.

On s'obstinait, on offrait ses services.

— Tu veux que je le suive ? Tu ne préférerais pas en avoir le cœur net ?

— Le cœur net... quelle drôle d'expression ! Je ne crois pas que j'aimerais me... nettoyer le cœur !

À ce moment de la discussion, les amis les plus bêtes haussaient les épaules et s'en allaient. Les autres poursuivaient leur enquête sur l'amour unique.

— Et ça ne te rend pas triste ? Dis-moi, surtout, si je te blesse...

— Je t'en prie.

— Ça ne te rend pas triste, ce besoin d'absence ? Lorsqu'on aime, lorsqu'on est aimé, je croyais...

— Eh bien tu croyais mal. Eh oui, ça me rend triste.

Alors même qu'on possède l'inestimable, l'amour unique, quelle nécessité de fréquenter, de cultiver tant de fantômes ?

Mais cette tristesse était raisonnée : d'après vous, vaut-il mieux entrer en rivalité avec une autre femme ou avec la Grande Guerre ?

Un soir, un soir de confiance, l'un de ces soirs où l'orgueil d'aimer et d'être aimé vous donne toutes les audaces, elle ajouta ceci :

— D'ordinaire, un homme qui trompe sa femme va chercher ailleurs la vie qui lui manque, non ? Eh bien, chez mon mari, c'est l'inverse. La vie doit être trop forte entre nous, trop lumineuse. Tu n'as pas remarqué comme il cligne souvent des yeux ? Il a sûrement besoin d'ombre. Dans ces voyages, il fait provision de mort. Rassurant pour notre amour, non ?

– Au fond, quelle est ta maladie ? demanda le cadet à son aîné, lors d'un autre mardi chez Dominique. Pourquoi cette instabilité, d'où te vient cette manie de la rupture ? Et ta boulimie, ton insupportable boulimie ?

L'aîné accusa le coup.

Au vieux serveur Dimitri, il redemanda du caviar d'aubergine, le seul qui était dans ses moyens.

Son frère ne le lâchait pas.

– Pourquoi, encore et encore, ce perpétuel besoin d'ailleurs ?

Pour se donner du courage l'aîné avala coup sur coup trois bouchées de purée verdâtre et luisante (le fameux caviar) et une longue gorgée de vodka jaune (à l'herbe de bison).

– Je crois que tout vient des chansons.

Et devant son petit frère psychiatre de plus en plus médusé, il développa sa théorie de *maladie des chansons*.

– J'y ai réfléchi des années, tu penses.

– Je ne pense pas, je t'écoute.

Selon le frère aîné, les chansons, la passion

familiale pour les chansons avaient exercé un pouvoir dissolvant sur la structure de son âme.

— Tiens ! Et pourquoi donc ?

— Parce que, premièrement, la chanson, qui est brève par nature, flatte en nous le goût du renouvellement, du recommencement et du divers à tout prix. Les histoires s'enchaînent. On n'a jamais le temps de s'ennuyer. Vrai ou faux ?

— J'admets.

— Deuxièmement, et corollairement, la chanson nous donne de la répugnance pour tout ce qui traîne et même pour tout ce qui dure. Tu me suis toujours ?

— J'en ai peur.

— Troisièmement, et dernièrement, et c'est le pire. La chanson, une écoute excessive des chansons, entraîne, chez certaines personnalités fragiles, une *délocalisation* du bonheur.

— Qu'as-tu encore inventé comme excuse ?

— Écoute-moi bien. Chez un être normal, par exemple toi, le bonheur se trouve dans la vie, dans la vie même, dans le présent vécu. Je me trompe ?

— Continue.

— Chez l'auditeur obsessionnel de chansons, je veux dire chez le malade, moi par exemple, le bonheur déserte la vie. Il n'est plus que dans le souvenir de la vie. As-tu déjà entendu des chansons heureuses ? Toutes les chansons sont des nostalgies.

Alors, au lieu de me caresser la joue, ou de me prendre dans ses bras ou de me resservir de l'herbe de bison, comme aurait fait n'importe quel frère doué d'humanité, le mien se leva et m'abandonna là, sur la banquette rouge et sale.

— Décidément, je ne peux rien pour toi.

C'est dans cet univers riche en névroses, en théories maniaques et en amours passionnées (dont les unes étaient morcelées et les autres uniques), que le soleil entra un beau jour de novembre.

Un vendredi, le soleil, contre toute attente, poussa la porte du restaurant Erawan, 76, rue de la Fédération. De cet instant, l'aîné sentit au plus profond de lui-même les vibrations trop bien connues, celles qui annonçaient le redémarrage de la ronde, cette mécanique folle plus haut décrite.

En ce temps-là, après trop de voyages et trop d'appartenances, je vivais seul. Mes deux enfants veillaient sur moi. Avec angoisse et sévérité méticuleuse. Comme on s'occupe d'un drogué. Ils avaient grandi. Ils savaient tout de moi. Ils me venaient de mon unique époque heureuse, mon unique sentiment durable.

– Si tu tentais de t'arrêter, papa ?

– Si tu cessais de tout vouloir ? L'âge arrive, tu deviens ridicule.

Je leur donnais bien sûr raison, mais comment faire ?

Eux avaient la réponse. Une conviction qu'avait déjà leur mère. Durant cette unique époque heureuse, j'écrivais un gros, très gros roman. Sans cesse, elle me demandait des nouvelles de sa progression.

– Combien de pages encore ?

– Au moins trois cents.

– Tu me rassures.

Elle avait cette idée simple : un gros roman était pour moi le seul moyen de me guérir de ma maladie, au moins temporairement.

Je n'avais pas tout de suite compris. Elle avait dû m'expliquer, comme si souvent :

– Enfin, réfléchis un peu ! Qu'est-ce qu'un gros roman ? Ne joue pas l'idiot ! un gros roman, c'est une chanson qui dure. Quand tu auras fini ton gros roman, tu t'en iras. Si ça t'intéresse, j'ai quelques idées pour de nouveaux chapitres.

J'ai été assez bête pour ne pas m'intéresser à ces projets de nouveaux chapitres. Sitôt achevé le monstre (1 300 pages dans sa première version), j'ai repris la route.

Mes deux anges gardiens me conseillaient fermement de recommencer le traitement.

– Relance-toi dans une interminable histoire, papa !

– Ce ne sont pas les sujets qui manquent. Je ne sais pas, moi. L'Afrique, les Grandes Découvertes...

– Ça te fera du bien, tu verras.

En attendant que se produise le déclic, que m'arrive la première phrase qui lancerait le paquebot, ils m'avaient supprimé mes disques. Finis Daho, Christophe, Souchon, Bashung, Françoise Hardy. Je n'avais plus droit qu'à la « musique classique ».

Et comme je protestais :

– C'est pour ton bien, papa. Tu le sais.

Lorsque je leur ai annoncé la venue d'un soleil, ils m'ont regardé, accablés. Ils m'ont menacé du pire : m'abandonner.

Et puis le soleil les a séduits, dès la première seconde. Comment ne pas succomber au rire du soleil ? Un soleil qui portait ce jour-là, je m'en souviens, un chapeau pointu de lutin, et brandissait un DVD de Carolyn Carlson.

Ce soleil, le frère aîné ne jugea pas nécessaire de le présenter à son cadet.

Sans doute parce qu'un soleil est un soleil. Quelqu'un qui rencontre un soleil n'a nul besoin que quelqu'un d'autre, fût-il un savant de l'âme, lui confirme la nature de soleil de ce soleil.

Peut-être aussi parce que ce soleil était fragile ? À certains moments, sans prévenir, le soleil se disloquait, puis s'éteignait. On appelait ces moments-là des crises d'épilepsie. Mais à quoi servent ces mots qui figent puisque le soleil se rallumait bientôt et chauffait et éclairait comme avant ? Le frère aîné devait craindre que le regard de vrille de son petit frère ne fasse pas de bien à ce soleil fragile.

D'ailleurs le cadet avait délicatement fait comprendre à son aîné qu'il n'en pouvait plus de ces présentations semestrielles. Il réclamait une pause ou qu'une sélection soit décidée. Ne viendraient jusqu'à lui que les amours ayant passé avec succès l'épreuve d'une certaine durée, disons un an.

Une dernière raison, la principale, la plus profonde, la plus cachée de cette absence de présentation était la suivante : le frère aîné, bien que non-spécialiste de l'âme, devait avoir deviné le drame qui allait suivre et voulait en préserver son frère, que la moindre maladie, même un rhume, terrorisait.

Le soleil entra donc dans la famille. Il arriva sans arme ni autre bagage qu'une fille, huit ans : Louise. Louise regarda l'homme qui aimait sa mère, plissa les yeux, sourit et décida de devenir son amie. Pour toujours.

Un jour, le soleil et sa fille furent là pour Noël. On les salua poliment. On les guettait du coin de l'œil. On se demandait à mots plus ou moins couverts quelle était la durée de vie d'un soleil.

Le soleil vécut quatre ans.

Un jour, en bordure du périphérique, un matin, je n'aimais déjà pas les matins, un spécialiste des mauvaises nouvelles enfonça un miroir dans la bouche du soleil, juste derrière les deux yeux bleus. Et y trouva une tache, suspecte.

Ces quatre années n'ont pas d'histoire. Peut-être parce que la vie pleine ne laisse pas de place aux mots. Et moins encore à cette sorte de demi-mots que sont les souvenirs.

Ces quatre années ressemblent à certaines nuits, les meilleures de nos nuits. On se couche. On s'endort. L'instant d'après, on se réveille.

Qui croirait que cet instant-là a duré neuf heures, dix heures... ? Et pourtant les témoins sont là : le réveil ou la conjointe ou la lumière du jour. Tous ils l'affirment : jamais je ne t'avais vu tant abandonné.

Un jour, elle est arrivée. Avec des valises. Beaucoup de livres (beaucoup de sciences humaines). Une affiche de Miró (« Je n'ai pas changé »). Et Louise.

Un jour, elle est repartie. Pour l'hôpital.

Entre ces deux jours, il paraît que quatre années se sont écoulées.

Je ne fais toujours pas confiance, aujourd'hui, à celles et ceux qui l'assurent.

Bien sûr, je pourrais la convoquer, ma mémoire.

Je pourrais lui planter une lumière forte dans les yeux et lui intimer l'ordre de me raconter par le menu ces mille quatre cent soixante jours. Elle s'exécuterait, je la connais. Elle se ferait un plaisir de me rappeler telle ou telle scène, des voyages, des vertiges, avec tous les détails croustillants nécessaires.

Mais je préfère ne garder souvenir que de l'ensemble : ce mouvement, cette gaieté ; l'imprévisible et la liberté.

Chaque jour ou presque, chaque nuit en tout cas, nous prenions la mer ou l'air sur un bateau nouveau pour une destination inconnue. Imaginez : en supplément de mes petites écritures, j'étais juge administratif, à l'époque. Je passais mon temps dans les remembrements agricoles, les reconstitutions de carrières, les responsabilités hospitalières. Et puis voici qu'un soleil m'était tombé dessus. D'après mes amis, je n'avais plus des comportements très rationnels. Mon patron au Conseil d'État, Renaud Denoix de Saint Marc, me regardait d'un drôle d'air. J'avais bien compris : il s'inquiétait. Un homme amoureux, amoureux de cet amour-là, garde-t-il assez de raison pour juger sereinement ? Heureusement, mes collègues du Palais-Royal veillaient au grain.

Chaque matin, le quotidien et sa cousine la routine nous regardaient appareiller, le soleil et moi. Le quotidien et sa cousine étaient campés sur le quai, tous les deux bras croisés. La mine méchante, ils n'essayaient même plus de nous retenir.

On voyait leurs lèvres bouger. Ils mitonnaient des plans. Le quotidien n'abandonne pas ses proies comme ça. Il ferait tout pour nous remettre au pas.

Pour le dernier mois, elle avait choisi de retourner chez elle, à l'ouest de l'ouest : au-delà, c'est l'océan. Les premiers jours du dernier mois, elle ne pouvait plus se lever.

Et puis soudain, elle s'est mise à se promener. Elle chancelait, elle titubait, souvent elle tombait. Mais elle se promenait. À toute heure, sans prévenir.

La famille déjeunait sous l'acacia. Nous la vîmes arriver, blanche, une silhouette blanche et maigre, si maigre. Un pas, arrêt, un autre pas. Aucun vent ne soufflait, pour une fois, et pourtant elle avançait penchée. Qui l'avait coiffée d'un chapeau de paille ? Ses doigts tremblaient tant.

Les enfants se sont précipités vers elle. Tout le monde a applaudi. On s'est serrés pour lui faire de la place. Bienvenue parmi nous, chérie, tu nous as fait bien peur, mais le cauchemar est fini, un doigt, mais alors rien qu'un doigt de vin ? Cette volonté d'y croire faisait plus mal encore que la tristesse.

Elle n'est restée que quelques instants parmi

nous. Et puis elle s'est relevée. Tant bien que mal. N'a voulu aucune aide. Un pas. Un autre. Le même vent invisible soufflait sur elle, l'inclinait, la penchait comme une voile. Et le sol tanguait. Elle s'est recouchée (elle est tombée sur le lit). Le chapeau de paille avait tenu.

Mais, de manière générale, elle préférait la nuit, pour se promener.

On se relayait, l'œil sur le lit. Un grincement. Des froissements. Une forme blanche, lentement, lentement, se détachait des draps. Une autre promenade commençait. Jamais bien loin. De moins en moins loin. Le salon, la terrasse, la cuisine. On avait fermé le gaz de l'extérieur, comme pour les enfants. Elle plissait le front, elle s'appliquait. Elle regardait, avec attention. On aurait dit qu'elle commentait. Peut-être disait-elle au revoir ? Avec des mots espagnols, seulement des mots espagnols. Elle s'effondrait vite. Jamais avant de s'être abandonnée.

J'ai compris bien plus tard. Elle s'entraînait. Elle avait été une sportive. Elle avait frôlé le haut niveau (quatre cents mètres). Elle savait que, sans entraînement, le corps est bien moins que le corps. Elle savait que, dans l'entraînement, il faut de la volonté, une volonté farouche mais aussi de l'abandon. Où trouver une place pour l'abandon dans la volonté ? Comment ne jamais oublier la volonté en s'abandonnant ? Durant des mois, elle avait protesté. « Ce n'est pas juste. » « Ce n'est pas juste. »

Un matin, changement brutal.

« J'ai compris. Je dois déménager. Je vais déménager. »

Les médecins ont cru qu'elle voulait changer d'hôpital. Ils étaient vexés.

— Vous n'êtes pas bien chez nous ?

— D'ailleurs, il n'y a pas de place ailleurs.

Nous aussi, nous nous sommes laissé prendre.

Et c'est comme ça que nous l'avons emmenée dans l'ouest. Un lieu beaucoup plus propice pour les entraînements, les préparations au déménagement.

Comment s'entraîner à déménager dans un couloir ripoliné, moleskiné ?

Les promenades étaient son entraînement. Elle s'entraînait à son nouveau pays. Elle s'entraînait à quitter son corps. Elle s'entraînait à une autre langue. Peut-être pensait-elle qu'on parlait espagnol dans le nouveau pays où elle devait se rendre ?

Elle s'entraînait à devenir fantôme.

*
* *

— Monsieur, s'il vous plaît !

La dernière fois que je lui ai parlé, le temps comptait. Les deux blouses blanches, le conducteur de l'ambulance et son adjoint l'infirmier, s'énervaient.

– Il n'y a pas que vous sur terre !

J'avais refusé leur aide. Je l'avais soulevée du lit, légère, si légère. Je voulais la promener un peu, lui montrer le jardin, lui faire respirer le parfum des tilleuls, une dernière fois. J'imaginais que son nez n'allait pas être à la fête dans les heures, les mois, les années à venir. La lumière jaune du gyrophare revenait sans cesse sur l'acacia, comme prise d'amitié pour lui.

Les deux transporteurs grondaient :

– C'est pour aujourd'hui ou pour demain ?

– Si vous vouliez la garder, fallait pas nous appeler !

Logique.

Je leur ai fait signe que j'arrivais. Et c'est à ce moment-là, en revenant vers la civière, que j'ai pu lui parler. Deux phrases, deux longues phrases peut-être mais deux seulement. Je vous répète, le temps comptait.

D'abord, je l'ai félicitée. Bravo, chérie, légère, si légère, tu as fait le plus dur, on peut dire que tu as réussi ton déménagement, encore un tout petit effort et tu seras devenue fantôme, bonne chance pour ta nouvelle vie !

La seconde et dernière phrase, c'était une proposition de rendez-vous, exactement semblable à la toute première, celle qui avait mis en mouvement cet improbable engrenage qu'on appelle l'amour. « Et si nous déjeunions ensemble, depuis le temps qu'on se croise ? » Alors, elle n'avait pas dit oui. Seulement elle était venue. Restaurant Erawan, 76, rue de la Fédération, juste à l'heure.

On se reverra, je te le jure, où que tu ailles.

Cette fois, mon quasi-fantôme, ma femme légère, si légère, a ouvert les yeux, je veux dire qu'elle a juste écarté les paupières. Elle devait avoir bien d'autres spectacles à sa disposition que mon gros visage penché sur elle. Jusqu'à la fin de ma vie, je me demanderai si elle m'a entendu.

— Voilà, messieurs.
— C'est pas trop tôt.
— Vous êtes sûrs que la sirène est bien nécessaire ?
— Chacun son métier.

Un jour, juste avant le dernier déménagement vers l'ouest, l'homme qui aimait le soleil trouva Louise au milieu de vêtements, de livres, de peluches et d'affiches de boys bands.

– Que fais-tu ?

– Ma mère va mourir.

– Qu'en sais-tu ?

– Ne me prends pas pour une conne !

– Et alors ?

– Je vais chez mon père.

– Tu le voyais si peu.

– C'est mon père.

Un moment, j'ai cru devenir aveugle : en partant, Louise avait éteint la lumière.

Le whisky est le breuvage offert par Dieu aux humains de race masculine pour les aider à entrer dans la nuit. Pour les cas spéciaux, pour ceux que le noir terrorise depuis toujours, depuis l'enfance, et torture de plus en plus cruellement à mesure que passent les années, Dieu a ajouté le goût de tourbe. La tourbe est une matière spongieuse et légère qui résulte de la décomposition de végétaux à l'abri de l'air. La tourbe vous prend dans ses bras. La tourbe est une berceuse. Celui que la tourbe ne parvient pas à rassurer, celui-là ne connaîtra jamais la paix.

Ce triste soir-là, veille de jour encore plus triste, je ne bougeais plus. Il me semblait avoir tant et tant marché, ces derniers mois. Il y a si peu de pas entre la vie et la mort, et pourtant tellement d'agitation pour échapper au destin. Visites, innombrables visites à d'innombrables médecins, tous spécialistes. Je ne savais pas qu'il y avait tant de spécialistes sur terre. Et les trajets. Les innombrables trajets. L'hôpital-la maison. La maison-l'hôpital. Tous ces kilomètres, ces heures et ces heures d'embouteillage et si peu de distance avant la fin. Alors pourquoi, chez celui qui accompagne une condamnée, pourquoi cette impression de traverser chaque jour un nouveau désert ? Combien y a-t-il de déserts sur la planète et pourquoi tous les déserts sont-ils interminables ?

Entre 19 h 05 et 19 h 30, Mme Maudez, comme chaque premier lundi du mois et quelles que soient les circonstances, était venue nettoyer le plancher. Elle passait et repassait en soupirant sur le chêne un chiffon jaune luisant, soigneusement emmailloté au bout d'un balai.

Les amis, la famille étaient repartis.

– On peut te laisser seul, vraiment ? Tu ne veux pas qu'on reste ?

Ils repasseraient demain. On t'emmènera petit-déjeuner sur le port. À quelle heure est la cérémonie, déjà ?

Je ne bougeais plus. Je n'avais pas eu besoin d'appeler. Mes plus fidèles alliés se chargeaient déjà de moi. Le fauteuil défoncé s'occupait de mes fesses. Et le whisky tourbé apaisait mon âme. Quand finirait par venir le sommeil, le fauteuil prendrait soin aussi de ma tête. L'amitié, l'amitié véritable, chez un fauteuil se reconnaît à ses ressorts trop affectueux : ils pointent sous la toile. Et à ses oreillettes. Les oreillettes d'un fauteuil amical sont des paumes. Les paumes sont faites pour recueillir les tempes des humains fatigués ou désolés.

La clef de Mme Maudez avait grincé dans la serrure, juste à l'heure habituelle.

— Il ne fallait pas, madame Maudez...

— Laissez-moi faire.

Il faut toujours laisser faire Mme Maudez. Mme Maudez s'occupe de tout. La lessive, les courses, la cuisine, la décoration (hélas)... Mme Maudez va s'occuper aussi de la mort.

— La mort, je connais.

(Qu'est-ce que ne connaît pas Mme Maudez ?)

— La mort, il faut lui donner sa place. Et puis continuer à vivre.

(Comme tous les gens qui aiment ranger, Mme Maudez est éprise de justice : elle donne à chaque objet la place qu'il mérite, toute sa place mais rien que sa place. Quand je voudrai faire plaisir, vraiment plaisir à Mme Maudez, je lui décrocherai un contrat : ranger le marché aux puces.)

— Madame Maudez, pour le parquet, vous ne croyez pas qu'il aurait pu attendre ?

— Levez votre pied droit. Voilà. Et maintenant votre pied gauche.

(Mme Maudez ne répond jamais aux questions. Mme Maudez fait. Et, tout en faisant, philosophe.)

— Vous avez de la chance d'avoir le corps. Un mort a un corps. Un disparu n'a pas de corps. Le frère de mon mari était pêcheur. Nous n'avons jamais eu le corps. Beaucoup de pêcheurs disparaissent. Ça vous ennuierait de m'aider à rouler le tapis. Mon Dieu, qu'il est lourd ! Et vous, votre femme, il est où son corps ? Dans le temps, il aurait reposé là, où vous êtes, dans le salon. Mais maintenant... tout le monde à la maison funéraire ! C'est la mode. Vous me direz, avec la chaleur qu'il fait. Ils savent réfrigérer. Votre femme, vous y avez été ? Voir son corps ? Combien de fois ?

– Une.

– Pas assez. Moi, ce que j'en dis... Vous regretterez. Quand on voit le corps, on sait ce que c'est que la mort. Pas seulement une disparition. Allez, venez.

– Où donc ?

– Je vous emmène. Je connais le directeur, un ancien collègue de mon mari, ils ont navigué ensemble. Un câblier. Il me donnera la clef.

Le whisky tourbé est d'accord avec le fauteuil à oreillettes : nous resterions volontiers là, tous les trois, entre amis, sans bouger, mais comment répondre non à Mme Maudez ?

Mme Maudez aime conduire. Mme Maudez possède une sorte de super 2 CV, une Ami 6 qui se couche dans les virages. Mme Maudez conduit comme une folle.

Et voici la maison funéraire, toute neuve. Elle sent encore la peinture. Quand on allume la lumière, une musique douce se déclenche.

Mme Maudez est satisfaite : il y a bien un corps, là, allongé devant nous, un corps de femme. Un corps qui, j'en suis sûr, déteste cette musique douce. Au premier déjeuner, rue de la Fédération, elle m'avait apporté la Mano Negra. J'ai encore son amusement dans l'oreille : « Cette musique métisse, elle va vous changer d'univers, je me trompe ? »

Mme Maudez est restée quelque temps silencieuse. En mon for intérieur, je la remercie. Je sais quels efforts représentent pour elle de ne pas parler. Je sais qu'elle n'en peut plus. Elle va céder :

– Vous pleurez ? Parfait ! C'est ça l'avantage, quand on vous remet un corps. Le corps vous sort les larmes. Je vous laisse ou je vous raccompagne ?

La tourbe et le fauteuil à oreillettes m'attendaient avec une telle impatience qu'un moment j'ai cru qu'ils m'avaient préparé à dîner.

Et c'est ainsi que le jour a fini par se lever.

J'ai suivi ses manœuvres.

Je connais tout d'elle, la mort, je l'ai vue naître.

C'était un matin de consultation. Le médecin s'est penché, il a plongé le petit miroir rond dans la bouche du soleil, juste derrière les yeux bleus, il a regardé, il a hoché la tête. Ma femme s'est mise à trembler. Je sais maintenant ce que c'est que trembler : j'avais mes deux mains posées sur ses épaules. C'est à ce moment-là que la mort est née, avant même que soit prononcé le mot du diagnostic, avant même que soit décrite l'opération terrible.

Et puis je l'ai sentie grandir, au fur et à mesure des traitements et des visites de contrôle, je veux dire au fil des espoirs déçus.

Au début, elle se faisait discrète, elle s'immisçait dans les phrases qui me venaient, surtout la nuit, vers quatre heures : et si ? et si toutes ces tortures étaient inutiles ? et si la médecine n'y pouvait rien ? Et si ? Et si ? Une conjonction de coordination, une conjonction simple. Deux mots minuscules pour exprimer une hypothèse, de plus en plus noire, de plus en plus certaine.

Vers la fin, elle a pris ses aises, croyez-moi. Elle ne nous quittait pas, elle s'accrochait à nous, comme notre ombre. Elle ricanait : je serais toi, allez, regarde ta femme, mieux que ça, fais provision d'elle, de sa grâce, de sa gaieté, de ses yeux bleus, de sa poésie... Après, bientôt, il sera trop tard.

À l'église, elle rôdait autour du cercueil, elle affichait sa victoire ; du coin de l'œil elle guettait ses proies futures, imminentes, ma mère, mon père, et puis nous tous, elle savait qu'elle avait tout son temps, elle ne nous lâcherait plus.

À un moment, elle a profité d'un de mes sanglots rentrés, elle a fondu sur moi. Je l'aurais volontiers accueillie : faites comme chez vous, d'ailleurs vous êtes déjà là. Mes deux gardiens l'ont repoussée, mes anges à moi, mes deux enfants : ils ne me lâchaient pas, depuis le lever du jour, Judith à ma gauche, Sébastien à ma droite, leurs mains ne quittaient pas mes épaules, eux aussi doivent savoir maintenant ce que c'est que trembler.

Elle n'a pas insisté.

Elle est allée mordre ailleurs. Nous savions qu'elle reviendrait.

Il faut que vous sachiez, avant de vous engager, sachiez à qui vous allez vous unir, car une fois unie à moi vous ferez partie de moi, alors il faut que je vous dise, même si je retarde cet aveu depuis le premier jour, la première seconde, depuis que, vous voyant, je me suis exclamé tout bas c'est elle, si par folie elle veut de moi c'est elle, il faut que je vous dise que j'ai à faire une chose qui date de bien avant vous, que j'ai une chose à continuer dont je ne sais si je l'achèverai jamais, il faut, même si, l'apprenant, vous prenez la fuite, ce que je comprendrais, ma chérie, il faut que vous sachiez, avant de vous engager, qu'il y a en moi un enterrement, d'ordinaire les enterrements finissent par s'achever, le mien continue.

Je me suis toujours demandé : est-ce que les fantômes ouvrent les lettres, est-ce qu'ils les décollent à la vapeur, est-ce qu'ils franchissent le papier ? Il faudrait demander au service de sécurité de la poste.

En attendant la réponse, après tout qu'importe, je vous écris, les fantômes ne sont pas à une indiscrétion près, ils nous connaissent mieux que personne, je me risque à vous écrire, j'ai trop tardé.

*
* *

Plus souvent qu'à leur tour, les nuages s'amoncellent sur cette fin de terre, cette pointe extrême ouest de l'Europe.

Mais ce jour-là, le ciel se leva vide. Et comme j'avais tout réglé la veille, j'étais tranquille : je n'avais plus qu'à suivre le mouvement.

Le responsable de la cérémonie était un ancien patron pêcheur reconverti dans le funéraire lorsque les normes européennes avaient tué le métier.

– Certains proches veulent porter eux-mêmes. Je vous le déconseille.

Et maintenant, le cercueil s'éloigne de l'église, quitte le village, s'en va vers un champ, là-bas, entre les serres à tomates, le nouveau cimetière, puisque l'ancien était plein. Une grosse boîte de bois clair sur les épaules des quatre employés endimanchés.

Quatre, c'est le nombre exact des hommes qui l'ont aimée.

Le premier, tout premier, elle avait quinze ans, lui vingt et un. Il l'attendait en toute simplicité, debout dans sa Triumph, une cigarette à la main, à la sortie du lycée. Le deuxième, le mari, père de Louise, un géant, un passionné de pédagogie. Elle l'avait rencontré dans un cirque, dont il était l'instituteur. Pas n'importe quel cirque, le cirque Gruss. Le troisième, sa longue et douloureuse passion, avait une femme et des enfants. Et le quatrième et ultime : moi, qui ai tenté de lui donner la paix, sans y réussir.

Et maintenant tous les quatre marchent sous le ciel bleu, tous les quatre dispersés dans la petite foule.

Je bénis le conseil du maître de cérémonie : laisser aux professionnels le soin de porter. Et d'ailleurs, comment porter à quatre un cercueil quand l'un des quatre est un géant ?

La route est longue. À cause des tomates sous serre qui envahissent la campagne, il ne devait plus rester pour le nouveau cimetière de terrains plus proches de l'église. En mer, le vent doit rafraîchir l'air. Mais sur terre, les hommes ont retiré leurs vestons. Le cercueil brille sous le soleil. Peut-être Mme Maudez est-elle revenue ce matin pour le cirer ?

Le cercueil me brûle les yeux. J'ai le droit de m'en détacher, n'est-ce pas ? Il avancera bien sans moi.

— Tiens, doivent se dire les gens, il est très inattentif, ce dernier compagnon de la défunte. Combien de temps sont-ils restés ensemble, déjà ? Quatre ans ? Seulement ? Je comprends mieux qu'il n'ait pas trop de chagrin. Enfin tant mieux pour lui.

Le maire est venu, moins pour ma femme ou pour sa famille que pour ce nouveau cimetière.

Un élu consciencieux se doit de vérifier le bon fonctionnement des équipements neufs. Il regarde partout, il hoche la tête, satisfait. Ses lèvres bougent, calcul mental, superficie générale, largeur de chaque tombe, division, je pose le trois, je retiens huit, combien vais-je pouvoir en enterrer encore ? Petite grimace devant la rangée de peupliers trop jeunes (pendant longtemps, les morts n'auront pas d'ombre), imperceptible haussement d'épaules, qu'est-ce que j'y peux si ma population meurt plus vite que ne poussent nos arbres ? Ses lèvres bougent de nouveau. Attention, je m'approche de la famille. Les condoléances n'ont jamais été mon fort. Quelle phrase vais-je pouvoir trouver ? Mourir si jeune ! Une si belle jeune femme ! Rien que du factuel. Heureusement, j'ai les yeux rouges naturellement.

Je ne surveille pas que le maire. Je ne perds pas de l'œil les trois autres amours, l'adolescent, le mari, l'homme marié. Il est prévu qu'aucun ne parlera. Mais on ne sait jamais. Il y a toujours des gens qui veulent se pousser du col, toujours des gens qui veulent rester dans l'histoire en prononçant des mots définitifs. Dans le cœur du soleil, ils m'ont précédé, d'accord (cette amère couleuvre, décidément, ne passe pas). Mais hors de question que l'un de ces messieurs en bras de chemise tire la couverture à lui et s'octroie quelque prééminence.

*
* *

Mon frère a failli ne pas venir à l'enterrement.

Je le comprends.

Il avait refusé cette maladie, il ne voulait pas croire à la mort.

Si les amours, même de qualité subalterne (les morceaux de l'amour morcelé), se mettent à tomber malades puis à mourir, qui peut croire que l'aristocratie de l'amour (l'amour unique) ne sera pas un jour atteinte ?

Mon frère est médecin, après tout. Et il aime l'Histoire. Il sait que la peste a ravagé des villages entiers, y compris le château du seigneur.

Je l'ai appelé. Je me suis forcé : je lui ai parlé d'une voix très douce.

– Si tu ne viens pas, je ne te verrai plus.

J'étais très content de ma voix très douce. J'ai pensé que jamais ma voix n'avait été si douce.

Je l'ai senti hésiter au bout du fil. Il me connaît, il sait que j'ai laissé se morceler mes sentiments, jamais ma volonté. Quand je décide, je tiens. Peut-être y a-t-il un lien ? Peut-être les unicités se dévorent-elles en nous ? Peut-être l'amour unique dévore-t-il la volonté unique ? Et réciproquement ?

Le lendemain matin, j'ai vu sa chemise blanche le long de la mer.

J'ai pleuré.

Je me suis juré de ne pas recommencer à pleurer jusqu'au soir.

J'ai tenu parole. C'est ma seule fierté de la journée.

**

Les porteurs, tout à l'heure si fiérots, ont ralenti l'allure. Sur leurs épaules, le cercueil tangue. À tout prendre, puisque la route était si longue, le cortège aurait dû passer par la mer. Je suis certain qu'il aurait très bien flotté. Aux Ve et VIe siècles, des saints sont venus d'Irlande pour évangéliser la Bretagne. Ils naviguaient dans ce qu'ils avaient trouvé, des abreuvoirs, des auges de pierre.

J'aimerais maintenant que tout le monde s'en aille.

– Et le cercueil ? me demanderaient les porteurs.

– Vous pouvez le déposer là, doucement, sur l'herbe. Je vais m'en charger. Merci pour tout (billet glissé dans la poche de chacun des porteurs). Et à vous tous, au revoir et merci d'être venus si nombreux.

Une course cycliste a dû passer par ici, mais il y a longtemps. On ne distingue presque plus rien des encouragements peints sur le bitume.

Je commencerai par lui parler, au cercueil. Je n'osais pas, à la maison funéraire. La musique douce empêchait tout. J'ai essayé. La musique douce sucrait les mots. Du sirop coulait sur les phrases. Pas la peine d'insister. J'ai tout de suite arrêté.

Je lui parlerai et puis nous partirons, le cercueil et moi, rien que nous deux. On n'est jamais assez partis ensemble, elle et moi, rien que nous deux. C'est le moment.

*
* *

— Nous arrivons.

Le maître de cérémonie, l'ancien pêcheur reconverti, me sourit. Son visage est tanné, la teinte de son ancien métier. Avant la retraite, aura-t-il le temps de prendre la pâleur des vrais professionnels du funéraire ?

Le cercueil, mon cercueil, mon compagnon, traverse un parking. Un parking immense. Les autorités ont prévu large. Soit les Français vont beaucoup mourir. Soit les survivants vont se passionner pour les morts.

Les trois amours, monsieur Premier, monsieur Mari, monsieur Passion, se rapprochent.

*
* *

L'ancien pêcheur n'a rien compris. S'il veut réussir dans sa nouvelle activité, il doit apprendre à deviner les souhaits, même inaudibles, de sa clientèle.

Le cercueil.

J'avais demandé à voix basse, trop basse, qu'on le dépose sur l'herbe. Pas qu'on le laisse tomber dans le trou. Comment je vais faire, maintenant, pour voyager avec lui ?

Tout le monde est là, sauf Mme Maudez. Mme Maudez déteste qu'on salisse. Elle n'aurait pas supporté toute cette terre pas du tout propre qu'on lance sur lui, d'abord la sèche, qui rebondit sur le bois, et maintenant des mottes humides, elles s'écrasent avec un bruit mou, un ploc de pluie ou de boue. Le spectacle a l'air de plaire. On se penche pour voir, même s'il n'y a rien à voir. C'est que chacun se demande : où est-elle ? Elle nous a tous convoqués, pas moyen de discuter, ce sera jeudi 30 juin, 15 heures, au bout du bout de l'Europe après-c'est-l'Amérique. Et personne n'est là pour nous servir le thé. Où sont ses yeux bleus ? Où est son rire ?

Il paraît que je me suis bien comporté. J'ai serré toutes les mains. C'est fou ce que les familles ont de mains. Sa famille à elle. Ma famille à moi. Et la multitude des amis qui-sont-la-seule-vraie-famille-car-famille-choisie, n'est-ce pas ? Et même quand j'embrassais, je serrais aussi la main. Pour ne pas perdre le rythme. Toutes les mains, je vous dis, sans exception, même celles des quatre porteurs qui battaient la semelle, modestes et suants, le long des bébés peupliers (ceux dont il faudra attendre l'ombre encore au moins vingt ans). Même celle du premier amour. Même celle du mari. Celle du troisième amour (la passion), je ne l'ai pas serrée. Le troisième amour et moi avons marché, côte à côte. On a dû dire : regardez, le troisième et le quatrième amour marchent côte à côte. Eh bien oui, ce jour-là comme beaucoup d'autres, et depuis si longtemps, le troisième et le quatrième amour ont marché côte à côte car le troisième amour était mon ami et il est resté mon ami. Malgré l'amour. Et grâce à la marche.

J'ai failli m'en prendre au maître de cérémonie, l'ancien pêcheur au teint trop rougeaud. J'ai failli lui dire d'arrêter là, tout net, l'ensevelissement : qu'il nous remette le cercueil à tous les deux, l'amour numéro trois et moi, l'amour numéro quatre. Nous nous en chargerions bien mieux que la terre, bien plus joyeusement. La défunte bougeait tout le temps, vous pensez, une femme qui porte en elle le regret de la danse ! Tous les deux, nous l'aurions emmenée en voyage, l'aurions soûlée de musique, Manu Chao et Monteverdi, l'aurions régalée d'histoires de cul, ses favorites.

Je me suis arrêté juste à temps.

Mes enfants ont eu peur pour moi, peut-être peur de moi. Ils m'ont entraîné à l'écart, de l'autre côté des serres à tomates, vers la mer.

L'ancien pêcheur a dû quand même m'entendre. La cérémonie s'est poursuivie selon mes vœux.

Un peu partout, des portes claquent, des voitures démarrent, la vie recommence.

– Je te raccompagne ?

– Merci. Je vais rester un peu seul.

– Je comprends. Ça ira ?

– Ça ira.

Je reste seul au milieu du cimetière trop grand, trop neuf. Les peupliers sont trop petits. Ce n'est pas leur faute. Et elle, où est-elle ?

**

Régulièrement, nous nous voyons, l'amour numéro trois et moi. Autour d'une table, au bord de la Manche, ou chez lui, le long d'un fleuve. Nous avons nos lieux. Les lieux amis ajoutent à l'amitié, si c'est possible. Ce qui est certain, c'est que notre amour commun pour le soleil a ajouté à l'amitié. Malgré la jalousie. Grâce à la générosité de l'amour numéro trois. Nous avons nos habitudes. Nous commençons toujours par parler d'autre chose : la politique, les enfants, nos six enfants. À nous entendre, on pourrait croire que nous les avons eus ensemble.

La défunte attend. Elle nous laisse entre garçons.

Et puis chaque fois, un silence finit par se faire.

Elle comprend que c'est pour elle le moment de nous rejoindre.

Elle s'assied, elle nous sourit.

– Comment ça va ?

Elle nous prend chacun la main.

Devant la terrasse, la nuit ne bouge plus. Degré par degré d'obscurité, elle est devenue noire. Pas de lune, pas d'étoiles. Mètre par mètre, la nuit s'est avancée. Du plus lointain au plus proche, elle a tout avalé, les pins là-bas, sur la dune, puis la clôture de joncs tressés, la cabane des poules, enfin un à un les arbres du verger miniature, trois pommiers, le pêcher frileux dont on attend toujours la première production et le prunier bandé, ligaturé de toute part comme un grand blessé : il donnait trop, ses branches ployaient, le tronc s'ouvrait.

Et maintenant la nuit est là. Elle ne bouge plus comme savent ne pas bouger les animaux. On devine sa présence à l'odeur. Et au silence. Les silences des gros animaux sont comme des souffles.

– Tu devrais...

– ... aller dormir.

*
* *

I cima de la delicia,
Todo en el aire es pájaro.

Cime de nos délices
Dans l'air tout est oiseau.

Sí, tu niñez, ya fabula de fuentes.

Oui, ton enfance, aujourd'hui fable des fon-
taines.

– Comment, tu ne connais pas Jorge Guillén ?
Ma femme (le soleil) m'avait ouvert tant de
portes. Par exemple, elle m'avait appris que la
poésie espagnole est un pays parsemé de châteaux.
Et que dans ces châteaux sont cachés des trésors,
c'est-à-dire des vérités essentielles déguisées en
parfums, en musiques, en échos, en jardins... Et
que trois de ces châteaux sont encore plus riches
en trésors que les autres : le château Guillén, le
château Lorca et le château Alberti. Pardonne-
moi, Gabriel, il y a forcément d'autres châteaux
richissimes. Je n'ai que quarante-deux ans, je n'ai
pas eu le temps de les visiter tous. Tu viendras
avec moi ?
Souvent, le soir, avant d'éteindre la lumière, elle
me proposait une promenade vers l'un de ces châteaux.
– Tu verras, après, tu dormiras mieux.
À peine franchissait-elle le pont-levis qu'elle
s'emballait :
– Écoute ça. « Derrière les vitres immobiles, les

jeunes filles jouent avec leurs rêves. » Oh, Gabriel, s'il te plaît, ne dors pas déjà ! Ce n'est pas long. Écoute : « Je veux dormir du sommeil des pommes/Et m'éloigner du tumulte des cimetières. » *Quiero dormir el sueño de las manzanas/Alejarme del tumulto de los cementerios.*

Je me sentais protégé, comme un enfant qui sait que la lampe restera allumée. Est-ce ma faute si je m'endormais trop vite ? En fermant les paupières, malgré tous mes efforts, je l'entendais soupirer. Les femmes attendent des hommes qu'ils durent. Il faudrait qu'elles comprennent qu'ainsi elles guerroient contre une paix dont elles nous ont fait, elles-mêmes et elles seules, cadeau.

⁂

Depuis qu'ils m'ont pris en charge, mes enfants ne se quittent plus. Ils se mettent à deux pour le moindre geste ou la moindre parole. L'un poursuit la phrase que l'autre a commencée. Je pense que, de même, on se met à deux pour refaire le lit d'un malade ou retaper ses oreillers. Peut-être veulent-ils aussi avertir les méchants de toutes sortes, les vivants comme les morts, qu'ils auront beau faire et inventer, ils ne pourront rien contre le noyau infracassable de la famille O.

Comme c'était à prévoir, la nuit m'attend dans la chambre. Je sais bien qu'il ne sert à rien de lui tourner le dos ni d'allumer les lampes. Et tous les whiskies tourbés ont déjà été bus.

– Tu veux...

– ... qu'on dorme près de toi ?

Que vont-ils penser de leur père, mes chers enfants ? Ce n'est pas à cinquante-six ans qu'on a peur de la nuit. Pourquoi pas pisser au lit, tant qu'ils y sont ?

– Pas question.

Donc, ils s'en vont. Pour revenir l'instant d'après, chacun tirant l'un de ces matelas gonflables sur lesquels on passe le meilleur des meilleures vacances du monde, bercé par les vaguelettes turquoise de la piscine, et la narine incendiée par les émanations de Javel.

– Tu peux...

– ... éteindre, papa.

L'avantage de la mer, comparée à la nuit, c'est qu'elle a beau s'énerver, s'agiter, monter haut, asperger, tremper, s'allier au vent et gronder, elle se tient globalement à sa place, elle n'envahit pas. La nuit, même la plus calme des nuits, vous enveloppe et vous pénètre. Il n'y a ni dessus ni dessous dans la nuit. On n'a pas encore inventé de bateau capable de naviguer sur la nuit. Et il n'y a pas de port où se réfugier de la nuit.

L'avantage de la nuit, comparée à la mer, c'est que l'aube la chasse, alors que la mer continue. Les oiseaux, dès qu'il a fait plus clair, ont commencé à chanter un air que je ne connaissais pas, un peu désordonné, mais qui parut joyeux.

Je ne me lasse pas de regarder mes deux

enfants, mes protecteurs, affalés sur leurs matelas de plage. Ma fille sur le dos, confiante, bouche entrouverte. Elle a l'air de sourire. Mon fils, tout le contraire, recroquevillé, un fœtus géant, un bon mètre quatre-vingt-trois qui doit regretter la douce époque du ventre maternel.

Ils se sont réveillés tard. Les adolescents énervent toujours les adultes en se réveillant beaucoup trop tard.

    — Tu as réussi...

    — ... à dormir, papa ?

    — En tout cas...

    — ... tu as ronflé.

Il était une fois un roi que des cadavres dérangeaient.

Et pourtant ce roi était roi tout-puissant de la
nation la plus riche d'Europe, logé dans le palais
le plus luxueux, entouré des courtisans les plus
enamourés qui aient été sur terre, les hommes tout
autant que les femmes (sans doute davantage).

Mais rien ne Le divertissait de ce dérangement.
Ni la gloire des armes. Ni le réconfort de la religion. Ni la musique de Lulli. Ni le parfum des
parterres de fleurs chaque nuit renouvelées pour
son bon plaisir. Il ne pensait qu'à ces cadavres.

Pourtant, les cadavres qui dérangeaient le roi
se taisaient, comme tous les cadavres. Mais leur
silence était pire qu'un reproche, pire qu'une
insulte : l'expression d'une indifférence.

Ces cadavres, pour la plupart, étaient ceux de
femmes, des religieuses implacables. Toute leur
vie, elles ne s'étaient intéressées qu'à la grâce, la
grâce divine. De cette insoluble question, elles
débattaient le jour et la moitié de la nuit. Il n'y
avait aucune raison pour que, mortes, elles ne

continuent pas leurs discussions. Inutile de vous dire qu'ainsi occupées elles se moquaient des fastes de Versailles et des servilités que le faste engendre toujours. Pire, elles étaient démocrates. Elles élisaient, en toute indépendance, leur Supérieure.

Ces manières d'agir, même chez les cadavres, indisposaient le roi.

Un jour, Il n'y tint plus. À la mi-janvier 1712, Il envoya une armée dans la vallée de Chevreuse pour se défaire de ces insolents cadavres.

Les soldats ouvrirent la terre. Non sans mal : il faisait froid. Ils fracassèrent les cercueils. Ils chargèrent les ossements dans des charrettes et aussi les lambeaux de chair putréfiée, les restes des morts les plus récents.

Et, accompagné par les chiens, dans le silence de l'hiver, le convoi gagna le cimetière du proche village de Saint-Lambert où attendait un grand trou : la fosse commune.

Le grand trou rebouché, on prévint le roi que Sa volonté avait été exaucée.

Il en fut satisfait.

Pas longtemps.

Trois ans plus tard, Il mourait.

C'est cette histoire qui m'avait attiré à Port-Royal, cette histoire vraie d'un Roi-Soleil guerroyant contre les cadavres. Je voulais voir le lieu, je voulais tendre l'oreille. J'avais quinze ans. J'étais venu à bicyclette.

Rien de plus calme que le petit vallon. Le vent n'y soufflait pas assez pour courber les roseaux. On avançait sous de vieux chênes, sans aucun doute assez vieux pour avoir vu les fameux cadavres, du temps qu'ils vivaient encore.

Il y avait une maison, dans laquelle une femme vendait les billets. En voyant arriver le jeune cycliste, la femme hésita entre se réjouir et se désoler – quelle surprise, un Français ! quelle honte, nous ne recevons que des Japonais ! d'après vous, pourquoi viennent-ils de si loin pour visiter Port-Royal ? Le jeune cycliste n'en savait rien.

Je me dirigeai vers le pigeonnier. Fermé. Je posai mon oreille contre la porte, contre les murs. Silence. Les pigeons devaient s'être donné le mot de génération en génération. Attention, endroit dangereux.

Une église, construite bien après 1712, servait de musée. Je préférai me promener autour de la pelouse. Sous laquelle avaient séjourné les cadavres.

Ils se turent, ce jour-là.

Mais comment savoir avec les cadavres ?

Ils ont d'autres mots que les mots.

N'est-ce pas sur leurs conseils muets que je me mis à gravir la pente jusqu'aux Granges ?

L'abbaye, où vivaient les religieuses implacables, occupait le bas du vallon. Les Granges avaient été construites sur le plateau, en bordure des champs de blé.

Les Granges étaient une retraite où choisirent

de se réfugier des hommes las du monde en général et de Versailles en particulier. En opposition aux courtisans qui vivaient en foule, on les appela les « solitaires ». Blaise Pascal fut l'un d'eux. Lorsqu'il voulait se délasser de ses calculs et de ses prières, il inventait des choses utiles : au milieu de la cour, on en voit une, le puits et les engrenages dont il eut l'idée pour monter l'eau sans peine.

Les Granges étaient une école, que fréquenta Jean Racine et où il retourna se faire enterrer aux pieds du si dévoué médecin Jean Hamon.

Les Granges étaient une université miniature. On y cherchait des réponses à quelques questions bien choisies : que veut dire « éduquer » ? Qu'est-ce que la structure qui tient les mots ensemble et qu'on nomme généralement « grammaire » ?

Tant l'avait obnubilé l'histoire de ce roi en bataille contre les cadavres, le jeune cycliste que j'étais ignorait tout de ces événements lointains. Mais la force du lieu le frappa, une gravité, une exigence. Il sentit des présences. Son vélo et lui décidèrent de revenir malgré les côtes sévères de Rochefort, de Saint-Rémy.

Il apprit à appeler par leur nom chacun des solitaires. Arnaud d'Andilly. Pierre Nicole. Isaac Le Maistre de Sacy.

Il apprit ce que chacun avait quitté pour trouver refuge ici.

Il suivit leurs promenades dans le parc.

Il se disait qu'il était l'un d'entre eux, il se le répétait, je suis un Solitaire, décidément je suis un

Solitaire et, quand une fille le rembarrait (ce qui était fréquent), cette compagnie l'aidait, cette croyance que la solitude est une chevalerie.

C'est à la bibliothèque, parmi de vieux érudits, la plupart japonais, qu'il prépara son baccalauréat.

C'est à la bibliothèque qu'il crut mourir : il avait pédalé trop vite pour venir. Son cœur refusait de ralentir.

C'est à la bibliothèque qu'il fit la connaissance d'une dame d'âge, une Allemande. Elle travaillait sur cette étrangeté grammaticale, le futur antérieur.

– Jeune comme vous êtes, ce temps ne vous dit rien. Un jour, il vous parlera, vous verrez.

Qu'est devenue la chercheuse allemande ? Ils s'étaient écrit, il avait reçu des articles obscurs. Puis les lettres s'espacèrent. C'est ainsi, on se perd de vue, d'écoute et presque de mémoire. Il ne savait pas que l'heure sonnerait bientôt du futur antérieur. Comme l'érudite d'outre-Rhin l'avait prévu.

Où ?

Où se trouve-t-elle ?

Le frère à l'amour unique avait enfin compris la détresse de son aîné.

Il savait que pour un homme à terre chaque jour qui se lève est une montagne, un mur sans fin. Il l'aidait donc dans l'escalade quotidienne, comme il pouvait : un livre, un disque déposés le matin ; une musique, soudain, au téléphone, à la place d'un message ; une invitation à dîner avec un vin rare commandé au sommelier, un corton-charlemagne de chez Montille, et la bouteille jumelle passée de la main à la main au moment de l'embrassade du départ – « il ne fallait pas – j'ai vu comme tu l'aimais... »

Surtout, il partageait la recherche de son frère, même s'il la jugeait sans espoir ni raison. Il s'y donnait corps et âme, comme si elle avait été sienne.

Leur fraternité avait été ébranlée par l'absence du frère cadet durant la bataille perdue du frère aîné contre la maladie. Ils sentaient, au plus profond d'eux-mêmes, que pour se retrouver ils avaient au plus vite besoin d'une cause commune. Cette quête du lieu mythique – où, où sont les morts après la mort et particulièrement les morts âgés de quarante-deux ans, qui ressemblent au soleil et qui sont dotés de deux yeux bleus ? – convenait mieux qu'aucune autre : elle serait leur Graal et le ciment de leur amitié nouvelle, plus forte et plus solide que la précédente d'avoir été fissurée puis refondée.

Où ?

Ils savaient bien qu'ils n'étaient pas les premiers à se poser et ressasser la question.

Où demeurent les morts une fois morts ?

Depuis la nuit des temps, tous les êtres humains douloureusement s'interrogent.

Mais les deux frères n'avaient cure de la longue ligne des prédécesseurs. Pour dire la vérité, ils les considéraient avec condescendance : pauvres anciens ! S'ils n'avaient pas trouvé, c'est qu'ils avaient mal cherché.

Leur même confiance, aussi puérile qu'absolue – « Un jour prochain, nous, les deux frères, unissant nos forces, parviendrons à résoudre le Grand Secret » –, avait des sources différentes.

Le cadet, un peu banalement, un peu paresseusement, s'appuyait sur les-acquis-de-la-science-moderne : les enquêtes auprès des comateux revenus à la conscience ; les travaux sur la définition de la mort, sur la transmission des gènes... Etc.

90

L'aîné suivait de tout autres pistes, d'une diversité vertigineuse. Personne, connaissant son caractère, ne s'en étonnera. Il n'avait pas seulement morcelé l'amour : il avait multiplié les métiers. Une carrière, l'idée même de faire une carrière lui ayant toujours semblé le comble de l'appauvrissement personnel et la curiosité étant, à l'évidence, son unique vocation, il s'était employé à varier ses univers de travail. Dans la longue liste de ses activités, plus ou moins improbables, il avait, trois ans durant, rédigé des discours pour le président de la République française. À cette occasion, il avait pu observer de près, chez ce président, par ailleurs remarquable, le péché d'orgueil dans toutes ses manifestations. Car l'orgueil est tout un peuple. L'orgueil *historique*, par exemple, l'exaltation de s'inscrire dans une lignée (oh ! le sourire de ce président récitant la liste des rois de France pour conclure, enfantin : « Au fond, je leur succède, n'est-ce pas ? »). L'orgueil de la *domination* : le plaisir, toujours renouvelé, d'assister autour de soi à la servilité générale (oh ! cet autre sourire, ce ricanement rentré plutôt, en entendant telle flatterie grandiloquente, en voyant s'approcher tel ou tel quémandeur). L'orgueil de l'*action* : la fierté de déplacer, parfois ne serait-ce que de quelques millimètres, quelques-uns des engrenages de l'histoire du pays et de l'Europe (oh ! de retour de conférence, descendant de la voiture blindée, ce troisième sourire, lointain, paisible, ce soleil intérieur).

Ces orgueils sont visibles et procurent des amusements de qualité à ceux qui savent les regarder.

Il est un orgueil, beaucoup plus intime, beaucoup plus ridicule car plus démesuré qu'aucun autre et par là même infiniment plus touchant. Je ne parle pas de la certitude de vaincre la maladie. Lorsque, à peine élu, on lui avait annoncé la mauvaise nouvelle, le président de la République française n'était pas resté longtemps prostré. À peine le médecin avait-il achevé sa phrase (un peu trop longue, forcément embarrassée) que le chef de l'État s'était redressé de toute sa petite taille : quand même ! ce n'était pas un vulgaire petit cancer qui allait venir à bout de quelqu'un qui avait, premièrement, mis à la raison ces moralisateurs professionnels, crétins de chrétiens de gauche. Deuxièmement, mis à sa botte et en ordre de bataille ce conglomérat d'états d'âme et d'impuissances qu'on appelle le parti socialiste. Troisièmement, embrassé, je veux dire étouffé ces benêts, tigres de papier appelés communistes. Quatrièmement, convaincu les Français de sa force tranquille. Cinquièmement, donné à la gauche, enfin, l'occasion de faire ses preuves. Sixièmement, commencé, conformément à son programme, à changer la vie, etc., etc. Le vulgaire petit cancer allait vite comprendre à qui il avait affaire et retournerait dans son terrier, non sans avoir présenté ses excuses dont le président de la République française ne savait pas encore s'il allait les accepter.

Cette certitude de vaincre était des plus nobles et constituait, aux dires de tous les médecins spécialistes, le moteur principal de la formidable rémission qui allait permettre à ce président de demeurer quatorze années au pouvoir.

Je m'intéresse à l'autre orgueil, plus tard survenu, lorsque le vulgaire petit cancer, après avoir longtemps et sournoisement guerroyé, était, contre toute logique et toute révérence, en train de triompher de son supérieur hiérarchique.

C'est alors que vint au président de la République française cet autre orgueil, sommet et chef-d'œuvre de tous les orgueils.

Moi, se dit le président, je saurai répondre à l'interrogation millénaire : où ?

Où vont les morts après la mort ?

Une fois résolue cette devinette *géographique*, la question de la mort pourrait être considérée comme réglée. Et quoi de plus normal que la plus difficile des énigmes soit découverte par le président de la France, c'est-à-dire l'homme le plus intelligent du peuple le plus intelligent de la planète ?

Et c'est ainsi que, parallèlement à son métier officiel, le chef de l'État se lança dans une enquête minutieuse sur le séjour des morts.

Cette préoccupation l'emporta bientôt sur toutes les autres. Ses deux secrétaires, Paulette et Marie-Claire, reçurent consigne de s'arranger comme elles voulaient avec l'emploi du temps, d'élaguer, d'éclaircir, de repousser s'il fallait ce qui pouvait être repoussé, et même ce qui ne pouvait pas l'être, pour que des plages suffisantes, c'est-à-dire énormes, soient réservées aux visites de religieux, de médecins, de philosophes de toutes les religions à qui le chef de l'État posait toujours la même question, de plus en plus angoissé à mesure que sa maladie progressait, de plus en plus furieux de ne pas recevoir la plus petite amorce de réponse claire et précise.

Et je tiens de source sûre, c'est-à-dire de la bouche même des intéressés, que, soudain, au beau milieu d'un entretien ou d'une discussion technique, sans rapport aucun avec ce qui précédait et ce qui, censément, allait suivre, le président interpellait :

– Je fais confiance à Mme Bhutto. Le Pakistan peut devenir une tête de pont de la France en Asie. Monsieur le ministre des Affaires étrangères, selon vous, en quel endroit résident les morts après la mort ?

Ou :

– Inutile de nous présenter l'entièreté de votre loi de finance, monsieur le ministre de l'Économie. Je me disais... vous qui savez tout, quel est le séjour des morts ?

Les nouvelles circulant vite, toutes les personnalités françaises avaient été informées de la préoccupation du président et, avec leurs collaborateurs, s'étaient soigneusement préparées à y répondre. Jamais, par exemple, les librairies des VIe et VIIe arrondissements de Paris n'avaient tant

94

vendu de *Livre tibétain de la Vie et de la Mort* (Éditions de la Table Ronde).

Mais la surprise des étrangers, qui n'avaient pas été prévenus, était totale.

Pour preuve, ce récit mi-inquiet mi-interloqué dans le journal de Helmut Kohl :

« 20 novembre 1989.

« Long échange téléphonique avec le président français. Je lui répète que l'effondrement du Mur de Berlin a, certes, bouleversé les lignes en Europe mais que l'unification de mon pays n'est pas pour moi une urgence. Je lui demande s'il s'est entretenu récemment avec Mikhaïl Gorbatchev. "Helmut, soyez franc", me répond-il. Je sens que l'excellente traductrice, Brigitte Sauzay, est comme moi, éberluée. Ses mots arrivent un à un. "Helmut, nous parlerons plus tard de la Russie. Dites-moi, d'après vous, quelle sorte de vie vivent les morts après la mort ?" »

Attention, surtout ne pensez pas, en lisant ces lignes, qu'il dédaignait les affaires publiques. Au contraire, il n'avait jamais été si précis ni si déterminé. Mais ce souci de l'au-delà lui revenait sans cesse, une sorte d'obsession comme d'autres voient partout des femmes nues ou des cuisses de footballeur au moment du shoot.

Quoi qu'il en soit, il abandonna vite ses demandes puisque personne ne lui apportait d'éclaircissement, c'est-à-dire les certitudes attendues.

C'est à ce moment qu'il commença à multi-plier ses voyages en Égypte. Je compris, et d'autres observateurs avec moi, que, à défaut d'autre réponse plus satisfaisante, il se mettait à l'écoute de cette grande civilisation de la mort.

Pour ces raisons, le frère aîné se découragea le premier : si le président de la République française n'avait pu résoudre l'énigme, malgré son intelli-gence et tous les moyens mis à sa disposition, per-sonne ne pourrait faire mieux.

Mais le frère cadet s'obstinait : la Science, répé-tait-il, la Science doit avoir en Elle la réponse. Et il continuait de hanter Internet et les services de réanimation pour rassembler toutes les informa-tions disponibles sur les comas dépassés suivis de résurrections miraculeuses.

Je dois à la vérité de dire qu'il avait perdu toute rigueur. Il se passionnait pour des récits indigents, les descriptions de « grande lumière blanche au bout du tunnel », de « musique ineffable au-des-sus d'une étendue d'eau calme et bleutée »...

L'aîné suivait, confus et désolé, cette débâcle de l'intelligence. Après tout, c'était pour lui venir en aide que son frère s'était aventuré dans ces billeve-sées. Il ne serait pas dit que ce psychanalyste de renom vire au gourou new age. Dès le dîner sui-vant, il décida la clôture de l'enquête.

– Merci pour tout, on arrête là.

– Mais...

– C'est ainsi !

Le cadet ne moufta pas. Venue du fond du temps, c'est-à-dire de leur enfance, l'autorité du plus âgé avait parlé.

Pour l'occasion, l'aîné commanda une romanée-conti.

– Sans nul doute, ces messieurs fêtent un grand événement, susurra le sommelier en apportant la carafe.

– À qui le dites-vous ! Les deux frères viennent d'annexer à leur empire un nouveau pays.

– On peut savoir ?

– La modestie.

On l'aura deviné : le frère aîné continua secrètement ses recherches.

Au fond, j'étais devenu une sorte de touriste, mais un touriste forcené, de ceux que chérissent les agences de voyages.

Le genre de client qui enchaîne : après les Maldives, l'Égypte ; après le Pérou, l'Islande ; après les geysers du parc de Yellowstone, la falaise des Dogons (Mali)...

J'étais comme quelqu'un qui aurait voulu aller PARTOUT, sans regarder à la dépense, et disposant de tout le temps nécessaire.

J'ai dû lire deux cents livres sur l'au-delà. Je ne choisissais pas dans le catalogue infini de séjours réservés aux morts. Je m'étais donné pour but, et aussi pour mission, d'essayer l'une après l'autre toutes les destinations jusqu'à ce que je retrouve ma femme.

Il faut, à ce point de mon récit, que je brave le ridicule et vous fasse un aveu : je me prenais pour John Rowlands Stanley, chargé par le *New York Herald* de retrouver Livingstone aux abords inhospitaliers du Tanganyika...

Serez-vous offusqué, convaincu de mon insensibilité foncière, de ma totale absence d'âme et de cœur si je vous dis que cette période qui suivit directement l'enterrement fut heureuse ? John Rowlands Stanley (je veux dire moi) ne doutait pas de rejoindre sa femme et prenait plaisir aux contrées traversées en chemin.

Cette liste des villégiatures *post mortem*, je la tiens à disposition. Je ne saurais trop vous la conseiller. Sa consultation vous enchantera.

Si vous m'avez lu jusqu'ici, c'est qu'une sorte de fraternité nous rassemble. Vous êtes comme moi. Depuis l'enfance et ses leçons de religion, la géographie traditionnelle de l'au-delà ne suscite en vous que railleries. Seul l'enfer vous amuse. Le purgatoire ressemble trop à la vie d'ici-bas : on trouvera bien moyen d'y prendre son lot quotidien de petits plaisirs. Quant au paradis, aucun lieu ne vous paraît moins désirable : que faire de tant de vierges et pourquoi des vierges, forcément inexpérimentées, si Dieu veut vraiment nous faire plaisir ?

Les religions monothéistes, par ailleurs si fécondes, incomparables artistes et créatrices d'univers foisonnants et troubles, sont d'une pauvreté pathétique dès qu'il s'agit du séjour des morts. Comme si le Dieu unique avait, une bonne fois pour toutes et dans un ricanement méprisant, tétanisé Ses écrivains officiels : Réfléchissez un peu, leur a-t-Il dit.

Ou le défunt s'est bien conduit et il Me contemplera pour l'éternité. Qu'allez-vous décrire de ce séjour ? Quels mots allez-vous trouver pour rendre compte de ce spectacle ineffable : Moi ?

Ou ce défunt, à cause de ses péchés, ne Me mérite pas et il sombrera dans le néant. Et que voulez-vous raconter d'intéressant sur le néant ?

Dont acte.

Les monothéistes n'apportant que déceptions, je devais me tourner vers d'autres religions dites « primitives » et très injustement méprisées : les animismes, le chamanisme, le mazdéisme, le jaïnisme... Sans oublier, bien sûr, la foisonnante famille des sagesses asiatiques.

* *
*

La lecture de deux ouvrages m'avait bouleversé : *Le Dit de Tianyi* (François Cheng) et *Le Discours de la tortue* (Cyrille Javary). En les lisant, il m'avait moins semblé déchiffrer des phrases que suivre deux voyageurs. Ils m'avaient pris par la main et m'avaient conduit devant une porte entrebâillée : vas-y, entre, de quoi as-tu peur ?

En Chine, les morts continuent d'exister. Ça t'étonne ? La belle affaire ! Bien des choses qu'on ne voit pas ont des réalités fortes et incontestables : ainsi les racines des arbres ou le flux vital de la nature en hiver.

En Chine, les morts ne disparaissent pas vers les lointains absolus que sont l'enfer et le paradis des monothéistes. Ils emménagent dans un pays difficile d'accès, certes, mais avec lequel on peut néanmoins entrer en communication.

Pour ce faire, on prépare des repas à leur intention. S'ils n'ont plus, hélas, la possibilité de mâcher ni d'avaler, ils peuvent, là où ils sont, humer. Et à nous, les humains toujours vivants, ils répondent. Tu veux dialoguer avec un défunt ? Fais griller à son intention un plat de viande. Si le défunt est content, il inscrira sa satisfaction sur l'os, qui se craquellera d'une manière ; et d'une autre si ce plat l'a déçu.

Le feu, la fumée, les fumets : autant de modes de communication d'un monde à l'autre.

La lecture de ces os étant malaisée, les Chinois de la dynastie Shan (XVIIIe siècle avant notre ère) inventèrent, dit-on, une autre méthode : appliquer un tison sur la carapace d'une tortue, animal lent, comme chacun sait, mais d'une obstination sans pareille pour aller au bout des parcours les plus longs. L'animal idéal pour gagner l'au-delà.

Les Shan conservaient toutes les carapaces fendillées en essayant de se rappeler l'interprétation qu'ils en avaient faite : c'était le seul moyen d'avancer dans la compréhension du langage des morts. Bientôt, ils furent submergés par les dos de tortue. D'où l'idée de graver des signes sur les carapaces elles-mêmes afin de faciliter l'archivage.

Ainsi, dit-on, naquit l'écriture.

Comment ma femme, là où elle se trouvait,

n'aurait-elle pas été touchée par une aussi belle histoire ?

Je vous le répète : je garde d'excellents souvenirs de nos relations à cette époque : ma femme morte et moi nous entendions parfaitement. Autant une fureur m'avait prise lorsqu'elle avait disparu, autant je l'avais alors traitée de tous les noms, dont certains vraiment désagréables, voire vulgaires, autant, une fois admise cette disparition, nous nous étions réconciliés.

Notre couple était parti sur de nouvelles bases, à l'évidence plus distanciées mais plus apaisées.

Je le sentais, elle me savait gré de l'acharnement de mes efforts pour entrer en relation avec elle. Elle savait que, moi, je ne l'abandonnerais jamais, jamais, jamais. Je ne me contenterais pas, comme ce paresseux d'Orphée, de jouer ma musiquette et de monter dans une barque. Moi, j'ouvrirais toutes les portes de tous les univers pour la retrouver.

Kenya, Inde, Brésil, Mali... Elle avait toujours aimé les voyages lointains, surtout les voyages en ma compagnie. (Du moins, c'est ce qu'elle me répétait le soir entre deux chasses aux moustiques ou aux cafards, dans les chambres d'hôtels minables où nous avions fini par échouer, après des heures et des heures de pistes épuisantes. – Vraiment ? Tu ne m'en veux pas de cet inconfort ? – Je ne peux pas être plus heureuse.) Alors ce grand tour des villégiatures ne pouvait que la réjouir !

Et pourtant, malgré tous mes efforts, je n'ai rencontré que des déconvenues. Vous avouerais-je que j'ai tenté sur ma gazinière la vieille pratique des Shan ? Quai de la Mégisserie, dans une boutique où l'on vend des animaux, je m'étais procuré la carapace d'une tortue, hélas décédée. Ma cuisine a tout de suite senti le brûlé, sans que je puisse déchiffrer le moindre message de l'au-delà sur la surface trop vite noircie. Autre exemple d'échec pitoyable : je me suis discrédité auprès d'un sage tibétain venu présenter le *Bardo Thödol* (le livre des morts) dans une salle des fêtes de Ville-d'Avray.

J'ai attendu que les auditeurs, des experts du bouddhisme, finissent leurs questions techniques. (« À quel signe reconnaît-on le passage du quatrième bardo – l'instant de la mort – au cinquième – la réalité absolue ? ») Je me suis approché et, sans le laisser récupérer :

– Ma femme est morte il y a six mois. Où se trouve-t-elle en ce moment ?

Le sage m'a considéré avec un très doux sourire.

– Tout dépend si elle est demeurée dans le *samsara* ou si, ce que je lui souhaite, elle a atteint le *nirvana*.

J'ai entendu les commentaires des experts derrière mon dos :

– D'où sort-il, celui-là ? Tout le monde sait ça !

Sans vergogne, je me suis obstiné :

– Quelle est la différence ?

Une exclamation indignée s'en est suivie et une bousculade. Tout en cherchant à me chasser, les experts présentaient leurs excuses : « Pardonnez-nous, maître, venir de si loin pour perdre ainsi votre temps avec un tel analphabète. »

Le sage a levé les bras pour les calmer. Il a tourné vers moi son visage sympathique tout rond et luisant :

– Qui meurt ?

– Ça, je le sais : ma femme.

– Son moi était une illusion, comme tous les moi. Le moi est l'assemblage précaire de cinq éléments distincts : la forme corporelle, les sensations, les perceptions, les constructions mentales et la conscience. Au moment de sa mort, ces cinq éléments se sont dissociés.

À l'évidence, le fait que le moi soit une illusion était pour lui la meilleure des nouvelles. Il était hilare. Pour un peu, il aurait éclaté de rire. Ses disciples partageaient sa gaieté. L'existence d'un moi homogène et autonome ? Ah, ah, ah !

Je m'obstinai pourtant.

– Mais alors, ai-je une chance de la retrouver ?

– Je vois que vous ne m'avez pas bien compris. Retrouver qui ? Quel morceau du moi illusoire ?

Les disciples s'impatientaient. Beaucoup regardaient leur montre. L'heure ne devait plus tarder du dernier RER. Mais le moine joyeux avait son temps.

– Les êtres sont héritiers de leurs actes. Ou votre femme n'a commis que de bons actes...

– Je n'ai jamais connu personne plus généreuse !

– Dans ce cas, elle a peut-être trouvé la Voie.

– Où passe-t-elle, cette Voie ?

– Cette Voie, c'est l'extinction.

– Pauvre de moi !

Cette fois, c'en était trop pour les spécialistes. On m'écarta, sans ménagement. On entraîna le moine. Il aurait bien continué à me renseigner. Pas plus aimable et disponible que cet homme-là. La responsable des émissions bouddhiques à la télévision, une très belle blonde prénommée Catherine, l'avait embarqué dans sa Smart. Heureusement, les disciples s'étaient garés n'importe comment : leurs véhicules bloquaient la sortie. Obligeamment, le moine a baissé sa fenêtre, j'ai pu le questionner encore un peu.

– J'y pense, ma femme était loin d'être une sainte.

Une lueur nouvelle a pétillé dans les yeux de mon professeur.

– Alors elle continuera sa migration.

– Vous pouvez me donner des conseils, des endroits où me rendre pour tenter de l'apercevoir ?

– Six destinées lui sont possibles. Les trois premières sont favorables. Elle a pu se réincarner en divinité, en *deva* : sa vie ne sera que plaisir.

– Tant mieux pour elle !

– Ou en *asura*. Ce sont des êtres puissants, hélas en guerre perpétuelle avec les devas. Troisième possibilité, un peu moins favorable : elle a pu redevenir un être humain.

– Lequel ? Comment la reconnaîtrai-je parmi les six milliards ?

La femme de la télévision m'avait pris en affection. Les coups d'œil qu'elle me jetait étaient de plus en plus graves et bienveillants. À l'évidence, elle compatissait. Peut-être avait-elle perdu récemment quelqu'un de proche ? Les gens perdent plus de gens qu'on ne croit. Peut-être posais-je les questions bêtes qui ne quittaient pas sa jolie tête mais qu'elle n'osait pas poser ? En tant que responsable des émissions sur le bouddhisme, elle aurait risqué sa place.

Le moine continuait sa leçon, toujours aussi joyeux.

– Les trois destinées les moins fortunées sont celle des animaux ; celle des esprits avides, toujours insatisfaits ; et celle des condamnés à l'enfer.

La route s'était libérée. En démarrant, la journaliste, mine désolée, me montra sa Smart, si petite. Impossible d'accueillir un troisième passager. Maudite Smart ! Eût-elle été un rien plus vaste que peut-être aurais-je glané assez d'indices supplémentaires pour retrouver ma femme.

C'est ainsi, sur un parking de Ville-d'Avray, que finit ma grande enquête sur le *Bardo*, livre des morts tibétain.

– Tu avances dans ton deuil ?

Le pays dans lequel vivaient les deux frères (la France) avait décidé de dissimuler la mort. Sitôt son dernier soupir poussé, le tout récent cadavre était embarqué Dieu seul savait où. Ainsi on pouvait plus facilement baptiser « disparu » le défunt, histoire, sans doute, de lui laisser une chance de réapparaître. Et puis l'appellation apaise : « disparu » fait moins trembler que « mort ». Au « disparu », donc, puisque tel était désormais son nom, on rendait vaguement hommage, entre amis. Dès le lendemain commençaient les choses sérieuses : le deuil.

Le deuil était devenu une passion nationale, en même temps que la construction de musées, qui en est l'une des variantes. En célébrant notre grandeur passée, nous apprenons à nous complaire dans notre déclin présent.

– Comment va ton deuil ?

On ne s'inquiétait plus de votre santé, en France, on ne vous demandait pas de vos nouvelles, mais des nouvelles de votre deuil. Et lorsque vous pâlissiez au lieu de répondre, lorsque des larmes vous venaient aux yeux, on ne vous prenait pas le bras, on ne vous posait pas la main sur l'épaule, on vous enjoignait d'aller au plus vite consulter.

Un métier avait surgi, profitant de la passion nationale : professeur de deuil. Lequel, pour se faire respecter et justifier ses honoraires, vous accablait de travail.

Le fameux travail de deuil.

Jamais le frère aîné n'avait rechigné au travail. Dès l'âge de dix ans, sa mère l'avait régulièrement supplié de jouer parfois au lieu de toujours vouloir apprendre. Elle avait perdu son combat, de même que toutes les autres femmes qui l'avaient suivie.

Mais il se sentait incapable de ce travail-là.

Pourquoi tuerais-je en moi celle qui est déjà morte ?

Pas question d'engraisser l'un de ces professeurs de deuil.

Je résolus d'avancer à ma guise et à mon allure, parmi les souvenirs et les regrets, je serai un flâneur, un paresseux, un paresseux du deuil.

La seule sonnette qu'il poussa fut celle d'un ophtalmologue.

– Docteur, je ne vois qu'elle.

– Que voulez-vous dire ?

– Elle est partout. Elle se promène dans la rue devant moi. Elle s'incruste dans mes réunions de travail. Elle me sourit au milieu de la page, lorsque je lis un livre...

À ce docteur quelque peu interloqué, il dut expliquer que, quatre ans plus tôt, une femme était entrée dans sa vie, et que cette femme brillait comme un soleil, et que cette femme était morte mais pas du tout disparue...

– Persistance rétinienne, diagnostiqua le médecin. Puisque vous me semblez intéressé par les mots, on dit aussi *rémanence*, du très vieux verbe *rémanoir*, « demeurer, rester ». Et cette présence vous gêne ?

– Je redoute plutôt son effacement. Mais il faut avouer que pour conduire ou pour lire... Je me disais...

Le médecin lui sourit. Il n'était plus jeune. L'œil étant la porte de l'âme, il avait dû voir toutes sortes d'âmes au cours de sa carrière, et dans tous les états.

– Continuez.

– Je me disais, c'est ridicule, peut-être pourriez-vous, je ne sais pas si la science d'aujourd'hui le permet, lui interdire, pardon, interdire à cette femme certaines régions de mon œil pour que je puisse, comment dire, vivre un peu plus normalement ?

Le sourire du médecin disparut. La main du médecin prit le relais. Elle se posa sur celle de son patient.

– Mon pauvre ami !

Quand je vois de toutes jeunes filles fumer à la sortie des collèges, je ne sais pas si je rêve. Elles parlent, elles gloussent, elles s'agitent, elles sont tout en noir, la mode est au noir, la mode hésite, tente le bleu, le rouge et puis revient au noir, la mode a raison.

Je vois leurs visages coupés en deux, une ligne rouge qui part de la bouche et court jusqu'à la gorge.

C'est ma maladie à moi, *persistance rétinienne* : je ne peux voir un visage de femme sans la ligne rouge, la cicatrice. La cicatrice de ma femme.

Le chirurgien avait trouvé l'adjectif qui lui convenait, à la cicatrice : « parfaite ».

Une cicatrice « parfaite », en toute modestie.

Il lui avait ouvert la lèvre inférieure, puis scié le menton, la mâchoire. Pour mieux voir et pour mieux retirer le faux abcès, il lui avait écarté le bas de la tête en deux, comme s'ouvrent les portes des vieilles Mercedes.

Puis il avait recollé.

Je ne lui en veux pas. Il paraît que c'est un excellent chirurgien. Tout le monde l'avait félicité. Et tout le monde avait juré : on ne voit pas la différence.

Ceux qui n'aiment pas ne voient pas la différence.

Mais ceux qui aiment, qui aiment d'amour un

visage, voient bien les deux morceaux : on a eu beau les visser, la cicatrice a beau être « parfaite », ce n'est plus un visage mais deux morceaux de visage.

Souvent, ma femme pleurait.

– Tu ne m'aimes plus.

– Comment peux-tu dire ça ? Je ne te quitte pas.

– Tu me donnes des preuves d'amour mais tu ne m'aimes plus.

– Et d'où te vient cette conclusion ?

– L'amour, c'est le regard. Tu ne me regardes plus.

Comment répondre à la femme qu'on aime et que, pour cette raison même, on ne regarde plus, comment lui répondre que la seule tactique trouvée pour ne pas éclater en sanglots est de ne pas la regarder mais de se souvenir ? De se souvenir de son visage d'avant, avant la cicatrice « parfaite ».

C'est pour cela, vous saisissez ? qu'aujourd'hui je passe au large des collèges.

– Vous êtes certain de votre trajet ?
– Certain.
– Vous savez que c'est un détour ?

Là, je me tais. Je ne vais pas raconter ma vie au chauffeur du taxi. Mais vous avez compris. C'est pour cela que je m'écarte du plus court chemin, pour ne pas voir les jeunes filles fumer. Dont les muqueuses sont plus fragiles. Pour ne pas voir, au lieu de leurs jolis visages, les cicatrices à venir, quand on les aura opérées, les cicatrices parfaites.

Je ne vais pas me plaindre. Après les horreurs que je viens de décrire, je n'aurai pas ce toupet. Mais enfin. La maladie de la persistance rétinienne n'est pas toujours facile à vivre.

– Je ne veux pas te laisser seul.

Le lendemain, sa voiture miniature arriva. Un tout petit cube de couleur verte et de nationalité anglaise. Dans les années soixante, ce cube avait eu son heure de gloire en remportant le rallye de Monte-Carlo. Maintenant il plaisait aux femmes d'âge et de taille modeste : ma mère était quand même obligée de glisser un coussin sous ses fesses pour voir la route et de parsemer sa ceinture de sécurité de pinces à linge pour l'ajuster au mieux. Ces ajustements effectués, qui duraient une bonne demi-heure, les plus longs voyages ne l'effrayaient pas. Pour un oui ou pour un non, elle traversait la France, pour voler au secours d'une amie ou consoler son fils. Elle roulait, magnifique de vaillance, malgré ses quatre-vingts ans. Je suis né d'une femme indomptable et généreuse : un chevalier.

C'est alors que commencèrent ses soupirs.

Car, à peine débarquée de son carrosse, à peine le temps de s'effrayer, comme tu as mauvaise mine ! elle s'assit à la table où nous prenons nos repas, sortit de son sac un jeu de cartes, regarda le bras de mer, étala ses cartes, de nouveau regarda le bras de mer, entama sa patience et soupira.

Il faut savoir que, dans l'île, tout à fait visible de l'autre côté du bras de mer, sa fille et sa progéniture passaient leurs vacances. Il faut savoir aussi que cette fille (ma jeune sœur) et sa mère (qui est aussi la mienne) n'avaient plus aucune relation depuis des années. Nul n'ignore que les familles sont des nids à douleur et que, pour se faire mutuellement et cruellement souffrir, personne n'a le génie d'une mère et d'une fille.

Sur la nappe vichy rouge et blanc, ma mère jouait donc aux cartes, toute seule, regardait la mer et soupirait :

– Quand je pense que mes petits-enfants sont là-bas...

– Quand je pense qu'ils grandissent et que je ne les vois pas...

– Quand je pense, etc.

Au bout de deux jours et deux nuits de cette musique infernale (soupirs et tapotements des cartes – Maman, tu ne crois pas que tu devrais dormir ? – Comment veux-tu, si près de mes petits-enfants ? Soupirs et tapotements de cartes. – Maman, arrête, s'il te plaît. – À quoi veux-tu que je m'occupe ?), le fils à consoler (moi) s'approcha. Il sentait monter en lui, si doux d'ordinaire, une sorte de folie. Avant de se laisser emporter vers des comportements qu'il regretterait et dont une petite voix, sidérée, lui disait qu'ils pourraient aller jusqu'au meurtre, il demanda à sa mère, cette mère qu'il aimait plus que tout au monde, de s'en aller.

— Mais je viens d'arriver !

— S'il te plaît, pars.

— Quand je pense que j'étais venue te consoler.

— Il vaut mieux que tu partes.

Le coussin fut replacé où il fallait, de même que les épingles à linge. Et le cube vert repartit comme il était venu.

Un jour arriva où le frère à l'amour unique perdit son calme.

Il comprenait que son aîné refuse d'engager son corps et son âme dans cette grotesque machine à laver qu'on appelle « travail de deuil ». Mais ce n'était pas une raison pour montrer du matin au soir un air de grand éploré, soupirer à tout bout de champ ou, pire, serrer les dents pour que nul n'ignore qu'il s'empêchait de soupirer.

Plus insupportable encore que ces larmoiements était cette prétention nouvelle d'avoir rencontré l'âme sœur. Une âme sœur que seule la mort, etc.

Cela, le frère à l'amour unique ne pouvait l'accepter. Une mise au point urgente s'imposait : lui, et lui seul, avait vécu, vivait et vivrait un amour unique.

Il convoqua donc son frère en dehors du mardi rituel. Et, toujours chez Dominique, le restaurant des Russes blancs, lui assena cette vérité :

– Un amour né de la mort n'est pas un amour unique.

— Pardon ?

— Tu l'aimes de plus en plus depuis qu'elle est morte. Donc tu as besoin de la mort pour l'aimer. Donc c'est un amour à trois : elle, toi et la mort.

Le poing de l'aîné frôla de près la pommette du cadet. À cet instant crucial, l'un et l'autre ne purent s'empêcher de sourire : leur était revenue une bouffée d'enfance, le souvenir de leurs terribles batailles qui par deux fois avaient conduit le cadet à l'hôpital. Cette réminiscence, loin d'apaiser les deux frères, attisa leur fureur.

Il faut dire que le cadet ne ménageait pas son aîné.

— Ne t'inquiète pas, le cas est fréquent. La plupart des gens ont besoin d'un tiers pour aimer, un amant par exemple, ou une maîtresse. Toi, ton tiers, c'est la mort. Libre à toi. Mais ne viens pas prétendre à l'amour unique.

Heureusement que les serveurs continuaient de tenir fermement son frère aîné : un meurtre aurait été commis là, chez les Russes blancs.

Le patron eut longtemps le regret de ce drame manqué. De temps en temps, il en faisait reproche aux serveurs.

— Vous auriez dû les laisser faire. Pensez à la publicité pour l'établissement !

— Allons, patron, vous ne parlez pas sérieusement ?

Un vide grenier.

Dans notre région de Bretagne, nous appelons ainsi les brocantes, peut-être pour faire familial. Car le charme du vide grenier, c'est de rassembler tous ceux qui font commerce de passé, les professionnels et les amateurs. Des objets de quasi-valeur, de la fausse mais soigneuse antiquité maritime, des sextants, des longues-vues, des lampes de laiton... alternent avec des tas d'ordures, des tasses ébréchées, des bondieuseries, des quarante-cinq tours rayés de Sheila, des Platters... La zone des associations jouxte en général le cœur de la fête : la buvette et ses annexes où l'on mange. Si bien qu'on passe d'une cause humanitaire à l'autre – le coton équitable, le sauvetage en mer, la langue bretonne dès la primaire, la famine au Niger –, les narines enchantées par les effluves de bière, de saucisses et de cochon grillé.

J'ai d'abord vu le calicot tendu entre deux portemanteaux en faux bois de cerf :

Venue d'un Blaster hors d'âge, une salsa grésillante tentait de se frayer un chemin dans l'atmosphère déjà saturée par les chants de marin. Des hommes et des femmes de tous les âges, à n'en pas douter les membres de l'Amicale internationale, trinquaient joyeusement à quelque bonne nouvelle. Aucun n'avait l'air très latino, des râblés plutôt, le teint plus rougeâtre qu'olivâtre, la démarche pesante plus que chaloupée, le geste carré plus que fluide.

Cette sympathique balourdise me décida. Je m'y reconnaissais sans trop de mal. On l'aura compris, une amicale d'hidalgos m'aurait fait fuir. Je m'approchai.

– Madame Ochoa, madame Ochoa, un nouveau danseur !

On se bousculait pour me présenter, on se serait presque battu pour me parrainer. Le groupe de trinqueurs s'écarta et la patronne parut, le professeur, la fameuse Mme Ochoa, un petit bout de femme avenante mais portant les couleurs de la guêpe, jaune pour le tee-shirt, tout le reste était noir, le pantalon, les yeux, les cheveux.

– Alors c'est décidé, vraiment décidé ?

Je hochai la tête, tout à fait traqueux, devinant qu'avec une telle femme on ne s'engageait pas à la légère.

Elle me toisa des pieds à la tête.

– Très bien, on verra ce qu'on peut faire. Demain, 18 heures. La troisième maison après le chantier Gautschi.

On me tendit un verre, puisque j'avais rejoint l'Amicale, et me voilà trinquant avec les autres. L'humeur allait vers l'euphorique.

– Tu reconnais ?

D'un petit mouvement de menton corrigé par un sourire timide, presque triste, l'un des danseurs me montra le vieux Blaster, la source du grésillement cubain.

– Laisse-le donc tranquille, Jean-Loup ! Nous aussi, nous avons débuté. Moi, c'est Isabelle.

Ce jour-là, elle était rousse. Comme elle tenait un salon de coiffure, elle avait des facilités pour changer de couleur. Elle me tendait la main. Je ne savais pas que j'étais en train de pousser la porte d'une famille immense : Isabelle et Jean-Loup, bien sûr, mais aussi Tito Puente, Philippe, le cultivateur-marathonien, Celia Cruz, Yvette, la femme du marin-câblier, Compay Segundo, Pierre-Louis et Nelly, les propriétaires du chantier naval, Gloria Estefan, Ibrahim Ferrer, et Nathalie, la reine de beauté, la libraire du rond-point... tout un peuple mêlé, les artistes et nous, les apprentis danseurs, régenté par la minuscule Mme Ochoa.

– Tu es la troisième recrue depuis ce matin.

– Je vous avais bien dit, les vide greniers sont une mine !

– Si ça continue, il va falloir changer de salle !

– Je le savais, que l'Armorique et l'Amérique étaient cousines.

Mme Ochoa prenait l'air modeste.

– C'est vrai que je suis heureuse. Mais il reste tant à faire...

Elle ne précisait pas son but ultime. Se sentait-elle investie d'une mission, convertir l'ensemble de la granitique Bretagne aux souplesses des Caraïbes ?

Une blonde élancée, Bénédicte, m'avait pris sous son aile.

– Tu as raison. Il n'y a pas d'âge pour débuter. Regarde-moi. Attends-toi à changer en profondeur. Je suis artiste. La danse a bouleversé mes sculptures, tu verras. Quelle chance d'avoir chez nous Mme Ochoa !

La chance ou, si l'on préfère, de très infimes probabilités. Elle ne venait pas d'ici, Mme Ochoa, présidente et fondatrice de l'Amicale. Ses origines étaient Cuba par son père, Trinidad par sa mère, et Caracas, où vivaient ses deux premiers maris. Béni soit le troisième, professeur d'espagnol, qui l'avait attirée à Lézardrieux, Côtes-d'Armor.

J'ai remarqué que les professeurs de danse se retrouvent souvent bien loin de chez eux. Peut-être que le client est rare, peut-être faut-il traverser la campagne et les mers pour trouver quelqu'un prêt à payer pour apprendre à bouger le corps ? Peut-être aussi qu'aucune piste de danse n'est assez grande pour un danseur ? Une fois

124

commencée, la danse n'arrête pas, les pas vous mènent à l'autre bout du monde.

Ses talons n'arrivaient pas à la grandir. On voyait tout de suite que l'altitude n'était pas son fort. Elle avait dû très tôt se désintéresser de croître. Sa tête, une fois atteint les environs du mètre soixante, s'était arrêtée là, accrochée dans l'espace, et sans doute s'y trouvant bien n'avait plus bougé. Sous ce point fixe, c'était la fête, le corps de Mme Ochoa s'enivrait de mouvements. Les bras, les hanches, les genoux s'en donnaient à cœur joie, on aurait dit des enfants à qui l'on a laissé un étage inférieur. Ils bavardaient, ils n'arrêtaient pas, ils mimaient d'interminables amours plutôt chaotiques : je t'appelle, l'instant d'après je te repousse, disaient les bras, je m'offre, je me refuse, disaient les hanches, je m'en vais, finalement non, je reviens, disaient les genoux. Pauvres amants ou pauvre mari de Mme Ochoa, elle les faisait forcément tourner en bourrique. Notre corps à nous ne raconte qu'une seule histoire. Celui de Mme Ochoa en développait une bonne dizaine en même temps.

Elle se mouvait trop bellement, Mme Ochoa, et trop librement. Décourageant talent pour un professeur. Qui aurait pu croire qu'avec du travail, même beaucoup de travail, et une assiduité sans faille à ses cours on s'approcherait un jour de cette fluidité miraculeuse ?

Je me rends compte qu'on venait chez elle moins pour apprendre que pour s'émerveiller.

— S'il vous plaît, montrez-nous, madame Ochoa !

— Vous ne pouvez pas recommencer, oui, rien qu'une fois, l'enchaînement ?

Mais elle n'était pas dupe. Et une grande conscience professionnelle habitait ce mouvement perpétuel, une véritable volonté pédagogique. Elle entendait ne pas voler son argent. Elle s'acharnait. Une fois inscrits, elle ne nous lâchait plus. Elle exigeait. Elle tempêtait.

— Ça ne va pas.

Pourtant, j'avais pensé à tout. Le coude gauche décollé du corps. La main droite bien à plat entre les omoplates de ma jeune partenaire, Nathalie, la belle libraire et comme moi débutante quoique beaucoup plus douée. Et les pas, aucune erreur. Bien sûr, je n'avais pu me retenir de grommeler, un, deux, trois, quatre, un, deux, trois, quatre, mais je jure que personne, pas même l'oreille d'une petite professeur vêtue de jaune, pas même cette oreille-là pourtant située à quinze centimètres de ma bouche n'avait pu m'entendre. Et pour la première fois, j'avais réussi l'enchaînement qui m'avait donné tant de peine : pas de base-mambo-cucaracha. Sans aisance aucune mais avec une exactitude scrupuleuse, tous les temps bien respectés.

Alors pourquoi cette douche froide ? Pourquoi « Ça ne va pas » ?

La petite professeur noire et jaune me fusillait du regard.

– Tu es ridicule.

Cette information n'était pas une nouveauté. Mais, s'il vous plaît madame, en quoi ce ridicule s'était-il soudain aggravé ?

– Tu sautilles.

Comme on imagine, cette réponse me suffoqua. Il me semblait avoir commis bien d'autres péchés et bien plus graves contre l'Esprit de la Danse latino-américaine.

– Je ne peux rien apprendre à quelqu'un qui sautille.

Déjà, elle changeait de chaussures, tennis au lieu de ses mules talonnées. Déjà, elle refermait son sac en plastique Décathlon. D'un mouvement brusque de la tête, une sorte de haut-le-cœur, elle refusa le billet que je lui tendais et la petite silhouette jaune et noire disparut. J'entendis longtemps, les jours de vague à l'âme il me semble parfois l'entendre encore, son trottinement rageur sur la terrasse de bois.

Ainsi s'acheva la première étape de ma carrière chorégraphique.

*
* *

Alors j'ai appelé à l'aide ma femme.

N'oublions pas qu'elle avait dansé depuis l'enfance. Elle avait failli faire de la danse son métier : deux compagnies la réclamaient. La danse était son regret, comme la musique est le mien.

Quand je dis que je l'ai « appelée », c'est un

bien grand mot, un mot qui ne convient pas, un mot de conversation entre personnes toutes les deux vivantes.

Je me suis contenté de m'asseoir sur un banc qu'elle aimait, au bout du quai réservé aux bateaux sabliers. C'est là qu'ils viennent décharger leurs prises : de petites montagnes jaune pâle qui sentent le fond de la mer. Elle raffolait de l'odeur, je voyais ses yeux se brouiller et battre les ailes de son nez.

– Ça ne te rappelle rien ?

Ma femme rêvait d'y revenir une nuit et que je la prenne, là, sur le sable humide. Elle me disait aussi : tu sais bien que, moi aussi, je sens le fond de la mer, tu compareras, tu me diras. Ce joli projet-là, nous ne l'avons pas réalisé, pas plus que tant d'autres. Nous n'avons pas eu assez de nuits.

Je me suis assis. Et puis j'ai attendu.

J'ai regardé monter la marée et tout ce qu'elle entraîne, les branches, les billes de bois, les bouteilles en plastique et les bateaux des retraités : il n'y a plus de pêcheurs professionnels, chez nous. Tout le monde pêche, mais tout le monde est retraité.

Elle a fini par arriver.

Soudain, elle était là.

Elle avait toujours eu cette manière de surgir sans qu'on l'entende arriver. Au fond, la mort n'avait rien changé.

— Quelque chose ne va pas ? Que puis-je pour toi ?

Je l'ai remerciée, sans m'attarder. Elle détestait les remerciements et sans doute n'avions-nous guère de temps : les défunts disparaissent comme ça, sans prévenir, comme ils sont venus. Très vite, je suis entré dans le vif du sujet : mes sautillements. J'ai deviné qu'elle souriait. Je n'ai pas osé me retourner pour la regarder.

— Commençons par le début. C'est-à-dire la terre. Quelle relation veux-tu avoir avec la terre ?

Je n'ai pas reconnu sa voix. Elle parlait lentement, avec quelque chose dans le ton comme une solennité. Peut-être a-t-on ouvert une université, là-bas ? Il faut bien tuer le temps. Peut-être les défunts suivent-ils des cours du soir ? Elle avait gagné en clarté, en logique, elle que je m'épuisais, ravi, à suivre de digression en digression ; quand elle parlait, je me sentais comme un chamois, vieux chamois, sautant de rocher en rocher. Là, rien à dire, sujet, verbe, complément, et quel progrès dans la synthèse !

— Il y a des danses qui frappent sur la terre. On se fait lourd. On voudrait entrer. Les pieds cognent et recognent sur le sol comme à une porte close. Et il y a d'autres danses qui espèrent un jour quitter la terre. On saute, on ressaute, on se fait léger, on cherche à tuer le poids en soi. Il y a des danses qui glissent sur la terre, elles la frôlent, elles l'effleurent, elles la caressent... Et puis il y a les danses qui tapotent : la polka, les gavottes. On ne sait pas trop ce qu'elles veulent avec la terre, ces danses-là, l'amuser ? la réveiller ? la chatouiller ?

– Je comprends, je me suis trompé de danse.

– Je ne t'ai pas vu danser, mais je sais que tu n'en es pas là. Tu ne danses pas encore. Tu y parviendras peut-être un jour. Pour l'instant, tu accumules. Tu mélanges. On ne bondit pas dans le tango, on ne glisse pas dans l'africaine... Celui qui mélange toutes les langues ne sait pas parler. Je crois que la terre est comme nous : elle veut savoir à quoi s'en tenir, à qui elle a affaire. Après tout, c'est sur son dos que nous gigotons. On ne peut pas tout lui faire en même temps. Quelle danse es-tu supposé danser ?

– Salsa, mambo, la chorégraphie caraïbe...

– Et tu sautilles ? Ah, malheureux !

Je me suis retourné.

Elle n'était plus là. À côté de moi, le banc était vide. C'est ainsi que j'ai su que je n'avais pas rêvé. Elle était vraiment venue à mon aide. Je n'ai connu chez personne d'autre cette mauvaise manie de brusquement se lever de table ou, au lit, de s'endormir au milieu d'une phrase, d'une caresse. Elle devait se sentir fragile, deviner ce qui se préparait en elle. Elle m'a laissé seul, avec toutes ces demi-phrases à compléter. Comme à un enfant on propose un jeu, des images à colorier, pour le distraire, je veux dire le consoler.

Un sablier arrivait.

Je n'ai pas eu le cœur d'attendre qu'il décharge

sa cargaison, pas le cœur de sentir l'odeur parmi toutes qu'elle préférait, le fond de la mer.

* *
*

Je suis retourné voir Mme Ochoa.

Je me suis obstiné.

J'ai tué un par un tous mes sautillements.

Un jour, elle a hoché la tête.

– Ça commence à ressembler à de la danse.

Elle m'a souri.

– Je n'ai jamais rencontré quelqu'un d'aussi peu doué... ni quelqu'un d'aussi, comment dites-vous ? un mot difficile, opiniâtre ? Vous me permettez une question ?

– Vous avez tous les droits.

– Quelqu'un comme vous, dépourvu à ce point de don, pourquoi s'acharne-t-il ?

– À cause des fantômes.

J'avais depuis longtemps deviné que la danse est, entre autres choses, l'humour du corps : apprendre à danser, c'est apprendre à se moquer de nos lourdeurs mais aussi de nos grandiloquences. La danse est une espièglerie.

Et c'est pour cela que la danse est l'arme absolue contre les fantômes. Les fantômes ricanent mais qu'est-ce que le ricanement sinon l'expression du mépris, cousin germain de la grandiloquence ? Quelqu'un qui ricane de haut en bas, il se croit, il ne s'imagine pas autrement que plus haut que celui dont il ricane.

Mais l'espiègle est plus haut que celui qui ricane car il y a de l'oiseau dans l'espiègle. Quelle réjouissance plus délicate que regarder de haut celui qui se croit le plus haut ?

Depuis, depuis les leçons de Mme Ochoa, dès qu'un fantôme s'approche, je me lève et je me mets en mouvement, de ce mouvement qui ressemble à la danse. Pas besoin de musique, je glisse. Les fantômes n'aiment pas qu'on glisse. Ils sentent qu'ainsi on leur échappe. Ils ont raison.

Je raconte cette histoire pour les jeunes, en vrai souci pédagogique, besoin grandissant de transmission.

– Comment faites-vous, à votre âge, comment faites-vous tout court ? me répètent-ils au dancing ou dans la rue, à la fête de la musique, quand il m'arrive d'enchaîner trois pas. Quelle fluidité, monsieur, à votre âge, on peut vous demander ? Soixante ans ! Quel glissé, quel toucher du sol !

Il faut qu'ils sachent comme les débuts, mes vieux débuts, furent patauds, honteux, sautillés. On me demande souvent l'adresse de Mme Ochoa. Je lève les bras au ciel. Ce n'est pas de la mauvaise volonté, je ne sais quel souci de garder pour moi, pour moi seul, ce trésor. En allée, Mme Ochoa, envolée, un beau jour... Je vous l'ai déjà dit : pour un danseur, la piste, c'est la Terre entière. Quand des pieds, quand des jambes commencent à s'animer, aucun mur, aucune mer ne peut les arrêter.

Je m'en veux. Parfois je les sens, mes pieds, mes jambes s'agitent, ils veulent quitter le cadre. Quelque chose me dit qu'ils veulent rejoindre Mme Ochoa. Je devrais leur lâcher la bride et les suivre où ils m'entraînent. Je ne lui ai pas dit toute ma gratitude, à Mme Ochoa. Mais je reste là. Je les calme comme je peux, mes pieds, mes jambes. J'invoque les années, je m'invente des lourdeurs, des phlébites imminentes. Je vous l'avoue à vous. Fausses excuses. Allégations controuvées. Flemme, vulgaire paresse. J'aurais dû leur laisser carte blanche, à mes jambes, à mes pieds. Ils l'auraient rejointe sans peine, où qu'elle demeure aujourd'hui, à guerroyer contre les sautillements.

La danse n'a pas suffi.

J'ai continué de chercher ma femme. Des semaines et des mois. Dans les endroits les plus improbables. Très loin du séjour reconnu d'ordinaire comme celui des morts.

Souvent, je croyais l'entendre m'appeler :

— Alors, tu viens ? Tu en prends du temps.

Elle ne croyait pas si bien dire.

Elle m'avait souvent parlé d'un très mauvais souvenir d'enfant. Au cours d'un jeu de cache-cache, un jour qu'elle s'était trop bien dissimulée, on l'avait oubliée. Ses amis avaient décidé de jouer à autre chose. Sans crier pour la prévenir. De dépit, elle ne s'était montrée que bien plus tard, au milieu de la nuit, lorsque sa famille enfin affolée avait décidé de la chercher vraiment. Elle était en larmes :

— J'ai cru... j'ai cru ne jamais pouvoir revenir.

La famille ne comprenait pas.

— Revenir d'où ? De ta cachette ? Mais voyons,

petite imbécile, on revient toujours d'une cachette !

– Non ! Revenir de ma disparition.

Je me souviens de l'Unesco. Grâce à Jean d'Ormesson, je m'étais faufilé à une réunion du Conseil international de philosophie et des sciences humaines. Des mathématiciens s'étaient exprimés, un historien des sciences, spécialiste de Kepler (ce Danois a déduit de purs calculs l'existence d'une planète encore jamais vue). Et puis un vieil Africain parla. Amadou Hampâté Bâ.

« Il faut se souvenir que la non-visibilité, la non-palpabilité et la non-sensibilité d'une chose ne sont pas des preuves de sa non-existence. »

Merci à lui.

Il m'a ouvert une nouvelle piste.

Je ne vous dis pas tout, je résume, je simplifie. Une fois de plus, j'ai joué mon petit, tout petit Mitterrand. J'ai questionné toute sorte de gens, à commencer par des physiciens, des spécialistes de la lumière et de ses ondes (l'infrarouge existe, non ? Bien sûr ! Et l'ultraviolet ? Bien sûr aussi ! Et aucun œil humain ne les perçoit ? Aucun. C'est donc que ma femme existe encore mais s'est écartée de mon champ de vision).

Ce sont eux, les scientifiques, qui m'ont parlé du Temps. Qui m'ont appris à distinguer les deux

136

conceptions qu'on peut en avoir. Selon la première, la *théorie temporelle du temps*, le temps coule. Le temps est une entité dynamique, séparée de l'espace. À mesure que le temps passe, le monde choisit un chemin parmi tous ceux qui sont possibles. Le monde est comme un arbre. Le présent monte le long du tronc, de plus en plus de branches (ou possibilités) tombent.

Jusque-là, rien de bouleversant.

La deuxième conception est plus difficile : « Selon la *théorie intemporelle* (aussi appelée *théorie statique* ou *univers bloc*), le temps ressemble trait pour trait à l'espace. *Tout comme New York, Londres et Moscou existent mais pas au même endroit, le passé, le présent et le futur existent tous mais pas au même moment.* »

Le message ne pouvait être plus clair : désormais, ma femme habitait le Temps. Bonne nouvelle. Mais comment atteindre ce royaume-là ?

Une fois de plus, je m'acharnai. Pour atteindre cet univers où le Temps et l'Espace se confondaient, des chemins devaient forcément exister.

Je lus John Ellis McTaggart et Aristote et Bertrand Russell et C. D. Broad... Sans autre profit que celui de reconnaître mon incapacité intellectuelle : ces gens-là se mouvaient dans des abstractions qui me resteraient toujours incompréhensibles.

Sagement, je résolus d'abandonner un parcours trop ardu pour ma pauvre tête.

En outre – personne n'est plus habile que moi pour trouver des excuses à mes déficiences –, je me suis dit que sensuelle et vive et instinctive comme elle était, ma femme avait peu de chances de s'être réfugiée au milieu de ces équations infiniment complexes.

De loin en loin, il m'arrive de reprendre le virus. J'appelle mes amis physiciens. Ils m'indiquent une conférence prochaine, la communication d'un prix Nobel de passage. Ils me souhaitent bonne chance : « Tu verras, il parle vite mais il est très clair. » Ou : « Ce ne devrait pas être d'un très haut niveau mathématique. »

Le cœur battant, je me rends à l'École normale supérieure ou au Collège de France. Comme d'habitude, dès la troisième minute, je décroche. L'assistance, elle, hoche la tête en cadence. Tout le monde a l'air de comprendre.

L'heure s'achève, l'orateur repose sa craie.

– Il y a des questions ?

Je résiste de toutes mes forces pour ne pas lever la main. Un jour, je n'y tiendrai plus. Je demanderai au savant si, dans les hautes sphères où il circule, il n'aurait pas rencontré un soleil, dans l'un des recoins de la fameuse et pour moi toujours aussi incompréhensible *théorie intemporelle du temps*.

Il me faut avouer une ultime rechute.

L'une des cruautés les plus réussies de la mort,

c'est l'oubli. On n'a plus souvenir que l'autre n'est plus. Ou plutôt, on n'en a pas encore souvenir : cette information est refusée par la mémoire. On regarde, on se retourne, on croit retrouver, il n'y a personne. J'étais dans mon lit, notre lit. J'ai bougé une jambe doucement, doucement, pour ne pas la réveiller. Je me suis glissé vers *son* côté. Je m'apprêtais à deviner dans la pénombre la forme de sa tête, à sentir le souffle de sa bouche juste avant que ne me parvienne le premier de ces mots qui me troublaient tant. J'ai étendu le bras, qui n'a rien rencontré.

C'est alors qu'elle m'a chuchoté quelque chose, sans doute pour se faire pardonner de n'être plus là. Ou plutôt elle a répété un chuchotement ancien, datant du tout début de notre rencontre, ces heures terribles où le destin hésite : s'agit-il d'une brève rencontre, brûlante passade, ou bien d'une histoire qui va s'ancrer ? Un des tout premiers matins, au moment de partir au travail, juste avant de claquer la porte, elle s'est penchée vers moi et m'a dit à l'oreille :

– Quelle nuit ! Quoi qu'il arrive, vous m'aurez rendue folle.

Passons sur ma grotesque fierté en entendant ce compliment sans doute dicté par la seule politesse. Ces mots me firent sursauter. Je compris vite la raison de cette surprise. J'avais lu bien souvent des phrases de ce type mais je n'avais jamais entendu quelqu'un de vivant, et ô combien vivant, aller chercher dans le fin fond de la langue française ce temps de verbe : le futur antérieur.

Temps étrange. Comment allier futur et antériorité, avenir et passé ?

J'allais apprendre à ne plus m'étonner. Car tout au long de notre vie commune, ma femme ne cesserait de parler en futur antérieur. Pauvre chérie ! Elle devait se deviner menacée. L'usage de ce temps était pour elle une manière de conjurer le sort. Ainsi, dans l'avion du retour, à la fin de presque chaque voyage, elle me prenait la main : « Au moins, nous aurons connu l'Égypte » ou « Dis-moi, finalement, qu'aurons-nous le plus apprécié en Inde ? » Ce futur antérieur valait bilan, certitude, richesses engrangées pour toujours et que nul ne pourrait jamais nous voler.

*
**

C'était trois ans après l'enterrement. Sa mère et moi avions combattu ensemble contre la maladie. Elle, le jour ; moi, la nuit. Après la défaite, nous ne nous étions plus revus. Et maintenant, dans un café de Montparnasse, elle me regardait pleurer. Elle était venue me demander conseil pour un livre sur les histoires. Toute sa vie, elle avait raconté à des enfants perdus des histoires de la mythologie grecque.

Et c'était moi maintenant qui pleurais.

Elle posa sa main sur la mienne.

– Ainsi... vous l'aurez aimée.

Que croyait-elle donc ? Que sa fille n'avait fait que passer ? Un épisode à peine ouvert, vite refermé ?

Un sourire lumineux éclairait son visage. Au moins, mes larmes faisaient plaisir à quelqu'un. Elle a balbutié merci, elle est partie en courant, comme quelqu'un qui ne veut rien manquer d'une joie soudaine. Qui veut y réfléchir et la goûter dans la solitude.

Je sais bien qu'il ne faut jamais dire jamais et je me méfie de moi. Tel que je me connais, il se pourrait que plus tard, soudain, je reprenne la route pour tenter encore une fois de la retrouver.

Mais, à ce jour, le futur antérieur est ma dernière exploration.

J'ai battu le rappel de mes amies grammairiennes, Danièle Leeman, le professeur, et ses deux disciples, Carine Marret et Valelia Muni-Toke. Elles n'ont pas semblé étonnées. Voilà comment il faut, d'ailleurs, éduquer ses amis : les habituer à ne jamais s'étonner de vos questions. Et voilà comment il faut s'éduquer soi-même : tout faire pour, néanmoins, continuer d'étonner ses amis.

Ce sont elles qui, entre autres cadeaux, m'ont fait connaître ces propos lumineux de Paul Ricœur.

À la base du sentiment que j'éprouve, il y a l'héritage. Je ne suis pas tombé de la dernière pluie. J'arrive dans un monde qui a déjà tenté quelque chose
et je suis très frappé de voir que les grandes périodes
comme le Moyen Âge, la Renaissance, la Réforme,
les Lumières, le nationalisme et le socialisme au
XIXᵉ siècle ont voulu quelque chose et qu'aucune
finalité n'a été conduite à son terme. Dans l'inven-
taire des héritages, il n'y a donc pas seulement ce
que je rejette, mais aussi ce qui m'est confié : l'avenir
de la mémoire. C'est pourquoi je résiste de toutes
mes forces aux jugements ultranégatifs sur notre
temps, selon lesquels il n'y aurait plus de repères ni
de valeurs. Nous sommes, en Europe, des héritiers
déchus. Et, personnellement, je me sens autant débi-
teur de l'héritage judéo-chrétien que de la Renaissance, de la Réforme, des Lumières, des nations et
des révolutions du XIXᵉ siècle. *En ce sens, le futur est
une reprise du futur antérieur. Dans l'analyse que je
fais de la mémoire, il y a toujours une promesse avant
la promesse : une promesse faite à moi par les autres,
en échange de laquelle je promets de tenir ma promesse. La promesse n'est donc pas un acte ponctuel.
Elle a son histoire. Et si on peut la considérer comme
du futur, c'est qu'elle est en même temps la reconquête
d'une dimension du passé. La promesse n'est pas seulement au futur, elle était le futur du passé. C'est ce
que je viens d'appeler le futur antérieur* [1].

---

1. Entretien réalisé par Lucien Degoy et Arnaud Spire,
dans l'*Humanité* du 24 mars 2004.

« Promesse », je répétai « Promesse » comme un enfant qui s'enchante d'un mot nouvellement appris et ne cesse de le répéter.

Une promesse. Peut-on habiter une promesse ? Une promesse est-elle un pays ?

Oui, selon toute probabilité, ma femme s'était installée avec armes et bagages dans le royaume de la promesse.

Oui, pour parler comme Paul Ricœur, elle me passait le relais : c'était à moi, désormais, de tenir la promesse qu'avait été sa trop courte vie.

Oui, elle n'était pas seulement entrée dans l'invisible (simple constatation matérielle), elle était devenue promesse.

Et, de la même manière que dans ma chère théorie intemporelle, l'Espace et le Temps sont de même nature, il m'apparaissait que rien, au fond, ne distinguait les réponses des questions : il y avait autant, exactement autant, d'incertitudes dans celles-là que de confiance dans celles-ci.

C'est ainsi, grâce à Paul Ricœur, que ma vie s'apaisa. La tristesse n'a pas disparu, mais au lieu de m'appuyer sur la tête, comme un couvercle noir, comme la dalle d'un tombeau, elle s'est dissoute dans l'air.

Et elle, ma femme, a quitté cette insupportable bouderie qu'est l'absence. Ce changement a grandement amélioré nos rapports. Comment voulez-vous dialoguer avec une boudeuse ? Avec une promesse, au contraire, vous pouvez converser sans limite.

Nombreux sont mes proches qui me croient fou. C'est qu'à tout moment je parle à ma femme. Imaginez quelqu'un qui entre dans une pièce. Il me voit bouger les lèvres, gesticuler pour appuyer mon argumentation. Il referme brusquement et court prévenir : dites-moi, ça ne s'arrange pas, il faut faire quelque chose, notre ami perd la raison !

Erreur : ma santé mentale n'a jamais été si florissante.

C'est au cours d'un de ces colloques avec le soleil que je lui ai raconté ma rencontre avec I.

Elle m'a demandé une description complète, et surtout sans complaisance (« Je connais tes enthousiasmes des débuts, et tes aveuglements ! »).

J'ai obtempéré, en rougissant.

Elle a hoché la tête, « je vois le genre », et m'a glissé dans l'oreille deux conseils techniques très précis. Les aurais-je suivis, je gagnais six bons mois de sexualité.

Sur la tristesse, la tristesse du frère aîné, les avis différaient, selon l'estime en laquelle on le portait.

Ses ennemis, renseignés par on ne sait quel instrument de mesure, ne trouvaient pas cette tristesse suffisante et s'indignaient de ce manque : ils en tiraient confirmation que, décidément, ce personnage n'avait pas eu d'amour pour la défunte ; normal, la nature l'a dépourvu d'un cœur ; d'ailleurs, je vais vous dire : il l'a toujours trompée. Vraiment ? Oui. Même pendant sa maladie ? Surtout pendant.

À ce petit jeu de fiel, nul n'égalait une Tunisienne. Elle m'embrassait comme du bon pain, à chacune de nos rencontres. Et ne cessait de colporter ce genre d'horreurs. La méchanceté est une paresse. Elle m'a toujours ennuyé.

Tout au contraire, mes amis savaient quelle désolation se cachait derrière le sourire perpétuel. Leur mesure à eux de la tristesse était justement l'étendue de ce sourire. Plus ils le voyaient grandir, plus ils frissonnaient : ils avaient compris qu'une nouvelle rafale avait frappé leur ami.

Depuis le temps qu'ils le connaissaient, ils n'étaient pas dupes de ce sourire. En général, la taille des paravents indique assez fidèlement le volume et le danger des choses que l'on veut cacher derrière.

Je sais qu'une assemblée générale de mes amis avait été convoquée avec, à l'ordre du jour, un point unique : comment l'aider ?

Toutes les suggestions avaient été notées sur un grand cahier avec les prénoms des responsables chargés de la mise en œuvre.

Colloques passionnants sur la mondialisation (ça existe) : Jean-Hervé, Catherine.

Escapades gourmandes sur la côte toulonnaise : Frédérique, Michel.

L'accueil d'une grande famille unie. Chacun des quatre enfants (Yann, Adèle, Louis et Aude) me prenait dans ses bras à sa manière.

Choix de livres, avec priorité aux biographies dont la lecture prouve que bien souvent après la pluie arrive le beau temps : Jean-Marc, Charlotte.

Promenade dans les good old days : Christophe.

Rencontre de génies musicaux cubains : Claudine.

Trésors de l'amitié nouvelle : Jacques.

Voyage en Antarctique : Joël, Isabelle.

Récits d'escalades vertigineuses dans l'Himalaya (la peur, parfois, parvient à dissoudre la tristesse) : Philippe.

Leçons de discrétion dans le savoir et de vaillance dans les combats : Marie Paule.

Invitation à participer à des régates très épuisantes : Gwen, Patrick, Jimmy...

Partages de l'essentiel, sans rien dire : Benedict, Anne-Yvonne.

Dîners raffinés, avec cadeau rituel d'un pot de confiture de lait pour le petit-déjeuner du lendemain : Philippe, Jenny Paule.

Plaisirs inavouables : Lora.

Rendez-vous avait été pris pour le mois suivant : on ferait le point, un point objectif sur l'état de sa tristesse. En fonction des résultats de l'examen, on aviserait sur la poursuite du traitement. D'ores et déjà, un médecin, Serge G., était chargé d'explorer la possibilité d'autres protocoles plus radicaux.

Une seule proposition avait été accueillie par des rires gras, des rafales de goguenardise et sur-le-champ rejetée sans même lui faire l'honneur d'un débat.

— Voyons, mais il n'est pas encore prêt.

— Le fantôme le torture encore trop.

— Réfléchis un peu : cette pauvre nouvelle femme irait à l'abattoir.

L'auteur de la proposition se leva, le regard noir. Et, sous les quolibets – « Ah, le sentimental ! » « Fleur bleue, fleur bleue ! » –, les quitta rageusement.

Par chance, aucun être humain ne se trouvait sur son passage : il l'aurait démoli. Car l'auteur de cette proposition ainsi ridiculisée s'était adonné jadis, dans sa jeunesse argentine, aux rugueuses batailles à trente que les érudits nomment rugby.

Il en gardait des nostalgies qui ne demandaient qu'à resurgir. S'ensuivaient des rixes qui finissaient soit à quelque commissariat de police d'où il fallait aller le retirer, jurant au préposé que cet homme-là, enfermé dans la cellule, était, malgré les apparences, l'incarnation même du calme et de la placidité, il-avait-été-provoqué-voilà-tout-et-comment-dénier-à-quiconque-le-droit-inaliénable-de-se-faire-respecter ? Soit, hypothèse de plus en plus fréquente, avouons-le, au fur et à mesure qu'il avançait en âge et, par suite, rencontrait des gens qui 1. n'avaient aucun respect pour une ancienne étoile du rugby, 2. connaissaient des coups de boxe ou de karaté absolument interdits dans les mêlées, il se retrouvait assis sur le bord du trottoir, lunettes cassées et nez dégoulinant le sang, consolé par ses proches.

Sitôt chez lui, l'Argentin réveilla sa femme pour la tenir informée. Cette belle personne passa directement du plus profond sommeil au plus joyeux des enthousiasmes. Et puisqu'ils n'avaient plus ni l'un ni l'autre envie de dormir et que la fureur du mari était une énergie que la femme savait fort bien détourner à son profit, ils s'aimèrent furieusement cette nuit-là.

On peut penser que ces frénésies donnèrent l'élan qu'il fallait à la fameuse proposition dont le cœur, justement, était un projet d'amour.

Le lendemain, l'Argentin et son épouse se levèrent tard, au grand dam de leurs secrétaires respectives qui avaient appelé et appelé encore pour les informer de tous les rendez-vous déjà manqués, de tous les clients exaspérés, et donc perdus à jamais et bien d'autres catastrophes peut-être encore rattrapables. Et, sitôt à leurs bureaux, au dam encore plus grand de leurs secrétaires, ne se préoccupèrent plus que de la proposition.

Ils commencèrent par dresser une liste de critères censés dessiner au plus près un portrait-robot. Puis, par tous moyens, anciens – bouche à oreille, lettres – ou plus modernes – appels téléphoniques, Internet –, ils établirent une liste de charmantes personnes susceptibles de répondre à ces critères. L'une après l'autre, ils invitèrent ces personnes en prenant bien garde qu'elles ne soupçonnent pas le propos de ces mondanités.

Et, enfin, après une année pleine de ces travaux et la sélection achevée, ils appelèrent le veuf.

– Nous t'attendons le 18 janvier.

Aucune échappatoire possible : ils avaient déjà raccroché.

Le veuf se présenta donc à la date indiquée, un peu en avance.

Lorsque, un peu en retard, la sélectionnée arriva, il n'entendit soudain plus rien du bavardage des autres invités, présents juste pour brouiller les pistes. Une voix résonnait trop fort en lui, qu'il ne reconnaissait pas et qui, pourtant, ne pouvait être que la sienne, et cette voix répétait : « Si elle veut bien de moi, c'est elle. »

C'était le premier séjour seuls au milieu de la campagne. C'était la première nuit qu'on regarde tomber ensemble. C'étaient les heures qui passent dans la maison vide. Qui va oser dire à l'autre : vous venez, tu viens ? C'étaient les premières timidités, la première lampe, les mains qui se cherchent dans le noir et trouvent un autre morceau du corps et reculent effrayées et il faudra peut-être une heure pour retrouver pareille audace. C'étaient les souvenirs d'enfance appelés au secours.

– Vous savez que j'ai passé mes douze premières années en Afrique ?

– Nous, nous passions notre temps au bas de l'eau à gratter le sable et le dessous des rochers.

C'étaient les premiers échanges de petits univers. C'étaient les premières fois où l'on parle et parle pour avoir moins peur.

– Demain, vous verrez, je vous montrerai, nous partirons en reconnaissance. Vous serez indulgent. Je ne sais pas si je me souviens encore.

– Reconnaissance ? Que voulez-vous dire ?

– Oh, pardon, il s'agit de botanique. On appelle ainsi les promenades où l'on cherche à nommer toutes les plantes rencontrées.

– Va pour la reconnaissance !

C'était la première fois où l'on dort côte à côte. C'étaient les yeux ouverts, sans rien voir, à sentir, à écouter une présence le long de soi. C'était la première lumière partagée du jour qui se lève.

Se pourrait-il que la vie recommence ?

Le frère aîné retourna voir l'ophtalmologue.

– Alors, où en sommes-nous ?

– Sa présence s'efface ; par suite, le reste de la vie devient plus visible.

– L'objectif est donc atteint.

Le frère aîné se tut. Les murs du cabinet étaient tapissés de paysages italiens. Sans doute pour donner une première joie aux opérés de la cataracte lorsqu'on leur ôtait leurs bandages, lorsqu'ils revenaient à la vue. Le médecin sourit. D'ordinaire, les sourires sont de même nature que les instants ou les notes de musique : ils passent ; personne n'aurait l'idée de s'y accrocher. Le sourire du médecin durait, il ressemblait à une main tendue.

– Certaines maladies se font regretter.

– Vous soignez aussi contre le regret ?

– Hélas.

Le sourire continuait.

– Vous n'êtes pas le seul, croyez-moi. La maladie est une présence. La plupart des gens guéris sont des orphelins.

Louées soient les circonstances !

Sans leur participation aimable et active, cette nouvelle présentation avait toute chance de ressembler en tout point aux précédentes, avec les enchaînements que l'on connaît. Le frère cadet dédaigne la présentée, le frère aîné d'abord s'exaspère de ce dédain puis, très vite, s'en alarme : « Si mon frère qui m'aime ne partage pas mon enthousiasme, c'est qu'une fois de plus je suis dans l'erreur. »

Et voilà, le ver est dans le fruit.

Le frère aîné ne regarde plus du même œil la femme qu'il avait emmenée. Rien n'est plus fragile sur terre qu'un sentiment naissant... Comment pourrait-il lutter contre l'amour de deux frères, né en même temps qu'eux-mêmes ?

Les circonstances avaient ceci de gentil, ce jour-là, qu'il faisait beau, l'un de ces matins d'avril où la chaleur paraît neuve, avec encore des clartés de l'hiver, un crachin ou un vent violent aurait changé les états d'esprit. La marée était haute, on pouvait facilement débarquer sur l'île : une marche, même brève, dans la vase jusqu'aux genoux, ne favorise pas la bonne humeur. Et surtout, l'amour unique du frère à l'amour unique n'avait pas écouté la grosse voix de la politesse (on ne s'en va pas au moment où vos invités arrivent) et s'en était allée pêcher (car telle était, outre l'amour pour mon frère, son autre passion).

*
* *

Le frère aîné ne dit qu'un mot, son prénom, Isabelle, et puis se recula.

Au bout de la pièce, deux fauteuils regardaient la cheminée vide (le printemps commençait). Le frère aîné savait son frère susceptible en matière de fauteuils : ils étaient réservés à l'amour unique. Un amour morcelé n'était pas digne de s'y asseoir. Il demeura debout.

En longeant la bibliothèque, il avait tendu la main et sa main avait saisi un livre. *Mémoires*, de Winston Churchill. Il se plongea dans le récit des bombardements sur Londres. « Le 15 septembre doit être considéré comme la date cruciale. Ce fut l'une des batailles décisives de la guerre, et, comme pour Waterloo, c'était un dimanche... »

Avec le temps, le frère aîné avait affiné sa technique de présentation.

Les premières fois, tenaillé par le trac, il ne quittait pas la présentée. Il lui tenait le bras, il

156

complétait ses phrases, il comblait les silences de la conversation.

Il s'était vite rendu compte qu'en agissant ainsi il n'éviterait jamais les antipathies. Au contraire, il empêcherait d'éventuelles cordialités de naître.

Il avait donc changé de méthode et, maintenant, résistait aux mouvements de panique de la présentée, à ses regards suppliants – ne me laissez pas, ne me faites pas ça –, et s'effaçait aussi vite et aussi loin que possible.

Le frère aîné faisait désormais confiance à sa seule oreille pour ne rien perdre de l'entrevue. Quand mon ouïe baissera, s'était-il dit, c'est que l'heure sera venue d'arrêter ces présentations, et donc d'aimer.

*
* *

Le frère cadet et la présentée s'étaient assis face à face de part et d'autre de la table de cuisine, comme s'ils avaient des légumes à éplucher. Quelle idée de génie ou quel objet amical (un couteau effilé ? une boîte de sparadrap ? une aiguille et du fil ?) poussa la présentée à dire tout de suite ce qu'elle était : je suis médecin ?

– Je suis médecin aussi, répondit le frère cadet.

Une paix inconnue entra dans le cœur du frère aîné. Une paix en forme d'interrogation qui était en train de trouver sa réponse. Serait-ce pour cette fois ? Et, tranquille peut-être pour la première fois de sa vie, il laissa deviser entre eux les médecins et revint à Churchill.

Au bout d'un assez long moment, un mot l'arracha à l'intérêt, pourtant vif, de sa lecture.

– Cadavres...

Les deux interlocuteurs, là-bas, vers la table de la cuisine, parlaient de cadavres. Et de découpe de cadavres.

Un instant, obsédé comme il l'était, le frère aîné crut qu'ils parlaient d'amour, des morcellements de l'amour, des impossibles résurrections des amours mortes. Il ne s'offusqua pas des termes employés, pourtant triviaux : tu te souviens des cervelles, comme elles suintaient ? Moi, un jour, on m'a lancé sur ma minijupe un estomac. Ce doit être langage habituel de carabins, se dit-il. Il nota seulement, bouleversé : tiens, ils se tutoient.

Il fallut bien se rendre à l'évidence : les deux là-bas l'avaient oublié. Heureusement que Churchill offrait son hospitalité. « Bientôt, les ampoules rouges indiquèrent que la majorité de nos escadrilles étaient engagées. Un bourdonnement sourd s'élevait du parterre où les opérateurs déplaçaient leurs disques en long, en large, en fonction des rapides fluctuations de la situation... »

Lorsque, une bonne demi-heure plus tard, les escadrilles repartirent au combat, le Premier ministre anglais quitta le PC des opérations et refit surface. Le frère aîné jugea qu'il leur avait laissé, aux deux médecins, assez de temps. La présentée serait furieuse. Je vous le rappelle : les présentées

étaient toujours furieuses quand il s'absentait :
« Où étiez-vous donc parti ? C'est ainsi que vous
prenez soin de moi ? Ça augure mal de l'avenir ! »... Il posa donc Churchill sur le sol, remercia
la cheminée sans feu de lui avoir tenu compagnie
et se dirigea vers la table de cuisine.

Ce qu'il entendit ne le surprit pas : ils parlaient
toujours métier, c'est-à-dire cadavres. Incisions,
résection, exérèse, décapsulation... Mais ce qu'il
vit le stupéfia : les yeux de son frère et de la présentée brillaient de larmes.

– Jamais je n'ai oublié ces ventres ouverts.
J'avais vingt ans, j'étais enceinte.

– Moi, c'est l'odeur. Elle me colle à la peau.
Comme... comme l'ombre au corps.

– Nous étions jeunes. Vous vous souvenez
comme nous étions jeunes ?

– Et ils nous jetaient face à la mort, comme ça,
sans préparation.

– C'est pour ça que tant de médecins sont des
sauvages.

– Sans doute, sans doute.

Ils répétaient l'un et l'autre « C'est trop bête »,
« C'est trop bête », mais leurs yeux brillaient toujours.

Churchill rendit un dernier service en fournis-
sant un sujet de conversation parfait pour dissiper
cette émotion gênante.

– Il faut que vous lisiez son chapitre sur
Londres. Il a bien mérité son prix Nobel.

– Quel Nobel ?

C'est sur cette information surprenante mais vérifiable – Winston Churchill a reçu le prix Nobel de littérature en 1947 – que la femme de l'amour unique et amour unique elle-même revint de la pêche, l'air désolé, montrant le panier vide. Le frère cadet bondit la consoler.

– Ma chérie, tu sais bien que l'eau est encore trop froide pour les bars !

Le frère aîné se dit d'abord que, décidément, l'amour avait pour tâche principale de trouver des excuses à celle qu'on aime. Il se dit ensuite qu'aujourd'hui était jour de fête car aujourd'hui s'achevait le pénible rituel de présentation. Son frère avait pris Isabelle par l'épaule.

– Notre famille s'agrandit.

La femme de l'amour unique fit effort pour ouvrir plus grand ses paupières de Chinoise. Elle avait dû regarder trop longtemps la mer. Des traces de sel, le sel des larmes, lui restait au coin des yeux.

Il ne faut pas croire : mon frère à l'amour unique n'avait pas le monopole des dîners rituels. Chaque trimestre, j'avais rendez-vous, près de la place de la Catalogne, dans un restaurant de poisson. J'arrivais toujours le premier. La mère de mes enfants poussait la porte peu après, toujours affairée, à son habitude, ne perdons pas une minute. Elle entrait immédiatement dans le vif du sujet. Suite à de complexes chimies et sans trop de douleur apparente (je dirais même avec un profond soulagement), l'épouse de jadis s'était métamorphosée en bien mieux qu'une amie : mon autre petite sœur.

— Alors, comment va le futur ?

— Mais... il me semble, hein, les années passant, il me semble que maintenant j'y suis.

— C'est ce que j'avais remarqué. Nous aurons vécu ainsi notre jeunesse, toutes ces années de vie commune : tu voyageais et je restais. Tu étais dans un train dont tu ne descendais jamais et moi je demeurais sur le quai.

— Mais il avançait, ce train ?

– Bien sûr, et à vive allure. Et mon quai aussi, quand tu es parti, s'est mis à avancer.

– Et où allait-il, selon toi, mon train ?

– Mais vers le futur, voyons ! Tu ne t'en souviens pas ? Toutes tes forces, toute ton attention étaient tendues vers lui : ton futur statut, ta future reconnaissance, ta future liberté rendue possible par ton futur statut et ta future reconnaissance.

– Je n'étais donc jamais là ?

– Je ne t'ai jamais connu que derrière la vitre de ce train.

– Je n'en suis jamais descendu ?

– Si rarement...

– J'ai donc été insupportable ?

– Plus encore. Tu comprends ma question ? Je voudrais savoir : à quoi ressemble le futur ? Valait-il tout le présent que tu as tant dédaigné pour lui, à commencer par le présent avec moi ? Maintenant que tu as atteint ta destination, comment t'y trouves-tu ?

– À la vérité ?

– À la vérité.

– Fort bien.

Une fois de plus, mon ancienne épouse venait de m'éclairer. L'acuité de son intelligence n'était que délice dans l'amitié, alors qu'elle avait été si souvent glaçante dans la vie commune. En outre, l'amour juge, tandis que l'amitié absout. Je me souviens de ses yeux fixés sur moi. Je me souviens de m'être sans cesse caché pour échapper à leur

scalpel permanent. Qui peut vivre sans un mini-
mum vital d'ombre ?

– Tu ne pourrais pas éteindre de temps en
temps toutes tes lumières, lui demandais-je.

– Il faudrait savoir, répondait-elle. Je croyais
que tu préférais l'amour éclairé.

Au fond, le passage de l'amour à l'amitié – le
remplacement du quotidien par des rencontres
espacées – avait permis ce repos demandé, cette
intermittence du regard.

Comme d'habitude, elle m'avait ouvert la piste,
il me suffisait de la suivre. Je n'ai jamais rien
compris sur moi-même qui ne me vienne d'une
femme, et d'abord de cette ex-épouse aujourd'hui
petite sœur.

Je venais de comprendre que chaque être habite
un territoire du temps et ne s'en échappe jamais.

Il y a des êtres d'imparfait, les plus mous dans
le goût de vivre : la nostalgie n'est pas bonne pour
l'appétit.

Il y a des êtres du passé simple : ils rompent, à
tout bout de champ, on ne sait pas pour qui ni
pour quoi, peut-être pour le seul plaisir d'entendre le couteau trancher.

Il y a des êtres capables de présent : ce sont les
plus faciles à vivre puisqu'ils sont dans leur vie. Ils
ont cette politesse qu'on pourrait croire banale et
naturelle, alors que c'est une rareté : la politesse
d'être là. Là quand ils vous parlent, là quand ils

goûtent un plat, là quand ils se mettent en colère, là, et pas ailleurs, quand ils vous font l'amour. Et moi ? Après avoir habité si longtemps le futur, étais-je capable de présent ?

Je viens souvent lui rendre visite. Personne n'en sait rien. Il faut dire que j'attends que le cimetière se vide. Que ferais-je si je croisais ses parents, que j'aime ? Il me semble qu'alors je ne cesserais plus jamais, de ma vie, de pleurer. Je veux ce cimetière pour nous deux tout seuls. Au besoin, lorsque l'horaire est dépassé, j'enjambe le petit mur. Facile : il est si bas. Merci à lui. Brest, Saint-Renan, Landunvez... Je pourrais faire la route les yeux fermés. D'ailleurs, je crois bien que je ferme les yeux. Autrement, je ne verrais que les serres à tomates hollandaises, elles ont envahi la lande. Je préfère les éoliennes.

Nous avons nos habitudes, maintenant. Je ne reste pas longtemps devant la tombe. Je lui dis juste « je t'embrasse ». Je dépose deux bouquets, l'un pour moi, l'autre pour mon ami, son troisième amour, celui qui a précédé le mien. Nous n'en avons pas parlé, je sais qu'il fait de même, depuis que par faiblesse, et paresse, nous n'avons pas donné suite à notre projet de nous en aller de par le monde avec son cercueil. Et je m'en vais. À peine ai-je tourné le dos que je sens une présence. Les mortes mettent moins de temps à se préparer que les vivantes. Peut-être ont-elles plus de loisirs ? Quand un vivant vient les chercher, elles sont prêtes. « Où m'emmènes-tu aujourd'hui ? » Elle me parle comme autrefois, sa bouche dans mon oreille : elle avait toujours peur que quelqu'un lui vole les mots qui m'étaient destinés. Elle n'avait pas tort : tant de gens m'entouraient.

Nous commençons toujours par les endroits qu'elle a le plus aimés. La côte au nord d'Argenton, les abords de la chapelle Saint-Samson, la petite cale de Trémazan... Endroits, aussi, où elle m'a avoué avoir le plus aimé. Pour elle, l'un n'allait pas sans l'autre : quand on aime un endroit, on y aime. Une règle de base qui nous avait conduits par deux fois dans un commissariat de police. D'après les agents, nous avions commis des actes impudiques en plein air, alors que tout un chacun pouvait surgir. Comment donner tort aux représentants de l'ordre ? La pointe du square du Vert-Galant, dans l'île de la Cité, face à l'hôtel des Monnaies, est bien en plein air, sans contestation possible. De même que le coin sud-est de la place des Vosges, sous les arcades, une nuit de juin, dos contre la porte du musée Victor Hugo... Vous reconnaissez les faits ? Comment ne pas reconnaître ce qui vous a rendu si violemment heureux ? Nous reconnaissions, les yeux sur nos chaussures, la mine faussement contrite. Vous savez ce que ça peut vous coûter, un attentat à la

166

pudeur ? Enfin, franchement, à votre âge, et qui plus est (il regardait ma carte bleu blanc rouge) conseiller d'État. Il y a des chambres, pour ça, quand même ! Les deux fois, les grands yeux bleus de ma danseuse nous avaient tirés d'affaire, mais n'y revenez pas.

Là, et encore là, contre le mur et en plein jour, tu imagines ? Elle me montrait les lieux, me décrivait les caresses. Nous avions toujours beaucoup parlé de sexe, tous les deux, et joyeusement, sans fard. La mort l'a rendue plus libre encore, plus crue. Elle doit sentir que je rougis. Rien ne l'excitait plus, dans le temps. Alors elle se surpassait. Avant d'éclater en sanglots : « Je suis si pudique, dans le fond ! »

– Bon.

Nous voici plage de Tréompan, de l'eau tiède jusqu'aux genoux. C'est une large bande de sable blanc qui semble, vers le nord, n'avoir pas de fin. Autour de nous, des hommes, des femmes marchent lentement. Ils poussent des filets qu'ils remontent de temps à autre en criant de joie. Ils agitent de petites choses claires. On dirait des feuilles de papier d'argent. Ce sont des poissons, enfants soles ou enfants carrelets. Pêche interdite.

– Bon...

Ainsi, par ce petit mot bref, commençait-elle toujours nos conversations sur le sexe. « *Bon* », histoire de dire : oublions le futile, passons aux choses sérieuses.

Dans ce domaine, je ne pouvais rien lui cacher.

Nous nous étions tellement explorés l'un l'autre. Je me souviens de notre premier dîner, dans une ruelle du Vᵉ arrondissement de Paris. Le restaurant avait voulu se donner un petit air historique ou, pour être plus précis, moyenâgeux. Poutres apparentes, feu dans la cheminée et bougies sur les tables. Hostellerie de maître Albert. J'avais repéré la veille. J'avais choisi l'endroit pour la longueur de ses nappes.

Nous nous connaissions à peine. Nous avancions l'un vers l'autre à tâtons. Propos sur le travail, sur nos lectures, la difficulté de dialoguer avec les enfants adolescents... Soudain, elle se redressa. Elle s'impatientait. Elle me considéra, dubitative.

– Bon. Vous êtes charmant, bien sûr, mais je me demande...

Les maîtres d'hôtel devinent les tables où quelque chose se passe. Le nôtre s'attardait plus que de raison. Elle attendit qu'il s'en aille.

– Peu d'hommes aiment le sexe. Êtes-vous... êtes-vous l'un d'eux ? Autant répondre franchement : nous gagnerons du temps.

Le maître d'hôtel revint. Elle fit semblant de n'y prendre garde.

– Acceptez-vous l'idée que le sexe gouverne votre vie ? La tendresse ne me suffit pas.

Je n'ai pas répondu. J'ai commencé à lui caresser les genoux. Je suis remonté, sans la quitter des yeux. Nos assiettes restaient pleines.

– Vous n'aimez pas ? demandait régulièrement le maître d'hôtel.

Nous n'avons rien mangé. Sauf moi, le morceau de pain bis que j'avais promené sur elle.

Je me suis vite retrouvé à court. Mes expériences personnelles étaient plutôt banales. Alors j'ai plongé dans le souvenir de mes lectures. Je lui murmurais des coquineries inventées par d'autres. Elle ne me voyait pas rougir. Grâce à la complicité des bougies : leur lumière clignotante devait avoir pitié de moi. Je crois que j'ai fini par la rassurer. Oui, le sexe occuperait une place suffisante dans notre amour. Nous pouvions aller de l'avant.

*
* *

Qu'elle est loin, l'époque de maître Albert !

Une mer nous en sépare aujourd'hui, autrement plus large et profonde que l'océan gris qui ondulait doucement devant nous. Tant de bonheur et tant de larmes.

– Alors, avec celle qui me succède, comment ça va ?

Je n'ose pas, je me tais.

– Si tu commençais ? Je ne sais pas si je pourrai rester longtemps.

Elle a une voix presque aussi pâle que la lumière.

– Je me sens ridicule.

– Alors quelque chose me dit que tu l'es.

Je prends mon courage à deux mains. Je

169

lui raconte mon malaise, ma fureur. À peine assise à table à côté d'un homme, I. le charme. Qui est I. ? Mais cette femme magnifique que mes amis viennent de me présenter. Alors, bien sûr, comme il est normal, l'homme charmé s'approche et se penche. Et, à ce moment-là, comme par hasard, elle ôte sa veste. Et se retrouve bras nus.

— La belle affaire ! Et elle s'en va avec lui à la fin du dîner ?

— Bien sûr que non !

— Alors ?

Elle a souri. Un sourire très long, de moins en moins gai. Mon cœur se serre. J'ai cru qu'elle allait partir.

— Je me rappelle que tu étais plus serein avec moi. Sans doute m'aimais-tu moins.

— J'avais plus confiance.

— Pour aimer, je veux dire pour bander, as-tu besoin de confiance ou de crainte ? De sérénité, de certitude ou de jalousie ?

La mer ne descend plus, les goélands se promènent sur les herbiers.

— Tu as fini ?

Je dois me pencher vers elle. Sa voix s'éteint. J'ai juste le temps d'évoquer l'addicteur. Cette fois, je l'entends rire, son rire d'autrefois, cette chanson qui allait si bien avec ses yeux bleus.

— Un addicteur, mon pauvre ami ? Que veux-tu dire par là ? Un ancien amant qui l'envoyait en l'air ? Mais toi aussi, tu m'envoyais en l'air. Toi

170

aussi, tu étais un addicteur. Qu'est-ce qui t'arrête ? Tu l'aimes moins que moi ?

Manifestement, cette perspective l'amuse mais cet amusement l'épuise.

De nouveau, elle avance la main sur mon épaule. Pour m'apaiser, du temps qu'elle était vivante, quand je montais sur mes grands chevaux, c'est là qu'elle posait sa paume, tout doux, tout doux.

– Ne t'inquiète pas. Tout va se calmer. Bientôt, vous en rirez. Bientôt, vous n'aurez plus que des souvenirs. Les souvenirs sont des fantômes qui ont rendu les armes.

Comme prévu, je me sens ridicule, je voudrais bien m'arrêter, mais une force m'oblige à continuer, sa force à elle, sa curiosité bienveillante, devant elle je n'avais jamais rien pu cacher. Je lui raconte mes terreurs, mes impuissances.

– Mon pauvre ami…

Je parle, je lui parle comme à personne.

Il faut dire que nous avons bien exploré, elle et moi, toutes sortes de lieux et de bien étranges pratiques. Je nous revois devant d'innombrables portes. Je m'entends balbutier : « Tu crois ? » Je l'entends me répondre : « Bien sûr. » Et j'appuie sur la sonnette.

Au fond, sa mort n'a rien changé. Comme du temps qu'elle était vivante, nous conversons de notre sujet favori : le sexe. Et si je dis que dans ce domaine elle me conseille, tout comme avant, qui le croira ?

La nuit tombe. On dirait qu'elle arrive avec la mer dans ses bagages : on l'entend battre contre les rochers, juste de l'autre côté de la dune.

L'heure est venue de raccompagner ma femme morte, ma revenante. Je sens qu'elle renâcle. Elle ralentit l'allure. Comme un pensionnaire, le dimanche soir, quand il faut retrouver le collège.

Nous arrivons à un chemin. C'est là qu'habitent ses parents, que j'aime.

Le père est un ancien militaire. Difficile d'avoir été soldat français entre 1945 et 1962. Déjà pas drôle de perdre toutes les guerres menées (coloniales). Mais bien pire d'abandonner tous les locaux qui ont cru à la France. En Algérie, quand l'armée française est partie, les harkis couraient derrière les camions, suppliaient qu'on les emmène. Il a fallu, sur ordre express, casser à coups de crosse les phalanges qui s'agrippaient aux ridelles. Vous me direz, les pauvres n'ont pas eu le loisir de longtemps souffrir des doigts, le FLN les a égorgés au plus vite. Ces amis qui courent mains levées, dans la poussière, ce sont ses fantômes à lui. Depuis, le père ne s'intéresse qu'aux oiseaux.

La mère, je vous l'ai dit, a pour métier de remettre la parole sur les bons rails. En d'autres termes, une orthophoniste. Mais elle a sa manière bien à elle d'exercer. Vingt ans durant, dans le grand hôpital psychiatrique Sainte-Anne, elle a raconté des histoires aux enfants très cassés. Il paraît que l'histoire qui répare le mieux est celle d'Ulysse.

Où, en quelle meilleure compagnie puis-je la laisser qu'avec ses parents ?

Je vais jusqu'au bout du chemin, jusqu'à la départementale. Je ne me suis jamais retourné. Je ne veux pas voir les yeux bleus.

Il est un fantôme qui surgit n'importe quand, sans prévenir, au milieu d'un repas, d'une promenade, au beau milieu de l'amour lui-même, un fantôme contre lequel la danse ne peut rien : le regret.

La femme près de qui vous êtes s'étonne, s'inquiète.

Vous lui dites : rien de grave, tout va bien. Vous vous gardez de lui révéler le nom, le prénom de ce regret.

*
* *

Mille Regretz.

Pourquoi cette chanson triste fut-elle, dit-on, la préférée de la Renaissance ?

> *Mille regretz de vous habandonner,*
> *Et deslonger vostre fache amoureuse,*
> *J'ay si grand deuil et paine douloureuse*
> *Qu'on me verra brief mes jours definer.*

175

Dans notre français d'aujourd'hui, *deslonger* veut dire « s'en aller de, quitter » ; *fache* : « visage » ; *definer* : « finir ».

Je croyais joyeux les femmes et les hommes de la Renaissance. Pourquoi se sont-ils autant attachés à cette petite histoire de regrets ? Cette mélopée bien connue de l'amour enfui devait apaiser leur vertige devant tellement de découvertes, tellement de remises en cause. C'était peut-être leur jardin préservé, un enclos qu'on maîtrise.

Nul ne sait qui fut l'auteur de ces quatre lignes. Mais innombrables, du nord au sud de l'Europe, furent ceux qui la mirent en musique.

On dit que le premier fut Josquin des Prés, né à Beaurevoir (Picardie) vers 1450, mort à Condé-sur-Escaut en 1521, chanteur puis chef de chœur et compositeur prolifique. Toute sa vie il voyagea. Il ne s'attachait jamais longtemps à un maître. On dit aussi qu'il inventa la polyphonie. C'était peut-être elle qu'il cherchait dans ces mouvements perpétuels.

Nicolas Gombert proposa une autre version, qui eut sa célébrité. Lui aussi était né vers la Flandre, mais deux générations plus tard, en 1495. Son village s'appelle La Gorgue, du flamand *goor*, qui signifie « boueux, marécageux ». On peut comprendre que des besoins vous y naissent de mélodies délicates, éthérées. Lui aussi commença comme chantre. Un jour, il fut condamné aux galères : il avait violé un enfant de son chœur.

D'après le savant physicien Gerolamo Cerdano, ami de Vinci, Gombert mourut de mélancolie.

D'autres, bien d'autres s'essayèrent à faire chanter ces mille regrets. Dont Luiz de Narvaes. Christobal de Morales, baryton à la chapelle Sixtine, en fit même une messe entière.

Où et quand Charles Quint entendit-il les *Regrets* pour la première fois ? Peut-être à Gand, la ville de sa naissance, murmurés par une nourrice ?

On dit qu'à cette chanson il s'attacha comme à aucune autre. Il la demandait, encore et encore, et d'autant plus que tout se disloquait dans son empire trop grand. Il est à deviner qu'une fois retiré du pouvoir au monastère de Yuste (Estrémadure), ces quatre vers furent le seul refrain qui lui restait du monde.

Ce personnage immense, ma compagne le trouvait pathétique. Au début de notre vie commune, elle venait toujours me chercher à l'aéroport. Mais vite elle se lassa de mes déplacements perpétuels.

Je sais qu'elle et ses amies évoquaient souvent la bougeotte de leurs hommes, pour en ricaner durement.

– Qu'ont-ils à tant courir ? Ils se prennent pour Tintin, pour Charles Quint, ou quoi ?

Depuis, j'ai étudié la question. Il faudra que je lui en parle. C'est vrai que Charles Quint a beaucoup, beaucoup voyagé. Ramon Carande[1] a calculé : sur vingt-cinq années de pouvoir hors d'Espagne, il en a passé vingt et une sur les routes (84 %).

Mais si en français « errance » est péjoratif, le mot espagnol *andanza* a une tout autre allure. L'*andanza* est pour un chevalier la seule manière possible de vivre.

---

1. *Carlos V y sui banqueros*, Madrid, 1967 in *Charles Quint*, Pierre Chaunu et Michèle Escamilla, Paris, Fayard, 2000.

Elle a toujours froid.

J'ai commencé par croire que c'était ma faute.

Cet orgueil m'est assez naturel. Je me prends volontiers pour la chaleur unique de ceux que j'aime. La chaleur, le plus souvent, mais parfois aussi le pôle : je deviens une machine à fabriquer de la glace.

Lentement, je suis revenu à plus de modestie. Je me contente d'avoir toujours près de moi pour elle une laine, un chandail. Il me semble qu'ainsi je lui pèse moins.

— De qui parles-tu ?
— Que veux-tu dire ?
— De la morte ou de la vivante ?
— Mais, voyons, de la vivante !
— En es-tu bien certain ?

– Tu me permets un conseil ?
– Essaie toujours.
– Prends soin de la vivante.
– C'est-à-dire ?
– Ne la confonds pas avec la morte.

J'ai aussi rendu visite à Cora Vaucaire.

Elle habite une rue plutôt morne, ce quartier sinistre derrière le front de Seine. La seule animation vient d'un gros concessionnaire BMW, c'est dire. Heureusement, à deux pas, court la rue du Théâtre.

Je n'ai pas souhaité la déranger. Je suis resté devant la porte, j'ai levé les yeux et lui ai dit merci.

Longtemps, je lui en ai voulu. Après tout, je lui devais ma maladie. Et puis la raison a fini par me revenir : était-ce la faute de cette dame si j'avais confondu ma vie avec un tour de chant ? Souvent sans chanter.

La première fois que je l'ai entendue, je devais avoir cinq, six ans. Il m'a semblé qu'elle me prenait la main et m'entraînait au cœur même de cette forêt mystérieuse et miraculeuse que je venais de découvrir : le langage.

C'était une musique de Ferré, sur un poème de quelqu'un dont le nom me paraissait si drôle : comment, même au Moyen Âge, peut-on s'appeler Rutebeuf ?

Cette dame avait une telle précision, une telle manière de prononcer, je veux dire sculpter, recréer chaque syllabe, chaque lettre même, que je voyais les mots, de mes yeux je les voyais s'aligner dans l'air. On aurait dit des oiseaux, éclairés chacun par une bougie.

> Ce sont amis que vent emporte
> et il ventait devant ma porte
> les emporta

Je lui ai dit merci et suis reparti vers mon métro (station Charles-Michel). Mais je suis revenu. J'avais oublié une autre raison du merci. Merci pour votre fameuse précision, madame Vaucaire. Vous m'avez fait deviner, quand j'étais tout petit, et puis comprendre plus tard que le flou est une paresse. Précision, sculpture et caresse sont de la même famille.

C'était la dernière fois, le dernier rendez-vous rue Bréa. Il faudrait trouver un autre lieu pour le prochain mardi. Le restaurant des Russes blancs allait fermer, bientôt remplacé par un établissement plus tendance, light food, cuisine moléculaire. D'ailleurs, il n'y avait plus de Russes blancs, rue Bréa, depuis longtemps. Ils étaient morts, l'un après l'autre. Et leurs enfants étaient retournés à Moscou participer au grand élan postcommuniste qu'on appelle la vie mafieuse.

– Sois franc, pour une fois : pourrais-tu jurer que tu as tout raconté ?

– Bien sûr que non.

– Pourquoi as-tu passé sous silence l'autre histoire ?

– De quoi parles-tu ?

– Allons, tu le sais bien, l'autre histoire de mort et de ressemblances, pourquoi n'en as-tu rien dit ?

– Sans doute avais-je peur. Je crois que les histoires sont comme les êtres humains : certaines sont plus impatientes que d'autres.

– Et alors ?

– C'est la guerre entre les histoires, comme entre les êtres humains.

Les deux frères se regardèrent.

Jusqu'à cet instant, ils avaient vécu dans des pays lointains l'un de l'autre, deux pays où ils avaient été cantonnés depuis l'enfance : comment, disaient les gens chaque fois qu'ils les voyaient, comment un père et une mère ont-ils pu engendrer des frères si différents ?

Alors, docilement, ils avaient cultivé cette différence. Leurs manières opposées d'aimer étaient peut-être aussi des manifestations de cette docilité.

Et pourtant sans s'en rendre compte ils s'étaient rapprochés.

Et c'était cette ressemblance qu'ils découvraient, ébahis.

– Ce sont les années...

Le frère cadet se reprit le premier. L'aîné demeurait dans sa stupéfaction.

– Les années ? Je ne comprends pas.

– L'âge, si tu préfères. L'âge, le grand âge dans lequel nous allons bientôt entrer, est un pays qui l'emporte sur tous les autres.

L'aîné comprenait lentement, peu à peu, à son habitude.

– Peut-être, peut-être.

– L'âge est notre pays commun.

– À propos, si nous invitions notre sœur à notre prochain dîner ?

– Quel rapport ?

184

– Elle avait dix ans de moins que nous, je crois qu'elle s'est sentie bien seule.

– Qu'elle vienne, bien sûr ! Pourquoi avons-nous tant tardé ? Nous sommes sur le même bateau. Non ?

Je me souviens : février s'achevait.

Je suis revenu chez moi par le boulevard Blanqui, le long du métro aérien. Un vent glacé descendait de la place d'Italie. Pourquoi, si souvent, est-ce à la fin de l'hiver qu'il fait le plus froid ?

Du même auteur :

LOYOLA'S BLUES,
roman, Éditions du Seuil, 1974 ; coll. « Points ».

LA VIE COMME À LAUSANNE,
roman, Éditions du Seuil, 1977 ;
coll. « Points », prix Roger-Nimier.

UNE COMÉDIE FRANÇAISE,
roman, Éditions du Seuil, 1980 ; coll. « Points ».

VILLES D'EAU,
en collaboration avec Jean-Marc Terrasse,
Ramsay, 1981.

L'EXPOSITION COLONIALE,
roman, Éditions du Seuil, 1988 ;
coll. « Points », prix Goncourt.

BESOIN D'AFRIQUE,
en collaboration avec Éric Fottorino et Christophe
Guillemin, Fayard, 1992 ; Le Livre de Poche.

GRAND AMOUR,
roman, Éditions du Seuil, 1993 ; coll. « Points ».

MÉSAVENTURES DU PARADIS,
mélodie cubaine, photographies de Bernard Matussière,
Éditions du Seuil, 1996.

HISTOIRE DU MONDE EN NEUF GUITARES,
accompagné par Thierry Arnoult, roman,
Fayard, 1996 ; Le Livre de Poche.

DEUX ÉTÉS,
roman, Fayard, 1997 ; Le Livre de Poche.

LONGTEMPS,
roman, Fayard, 1998 ; Le Livre de Poche.

PORTRAIT D'UN HOMME HEUREUX, ANDRÉ LE NÔTRE,
Fayard, 2000 ; Folio.

LA GRAMMAIRE EST UNE CHANSON DOUCE,
Stock, 2001 ; Le Livre de Poche.

MADAME BÂ,
roman, Fayard/Stock, 2003 ; Le Livre de Poche.

LES CHEVALIERS DU SUBJONCTIF,
Stock, 2004 ; Le Livre de Poche.

PORTRAIT DU GULF STREAM,
Éditions du Seuil, 2005 ; coll. « Points ».

DERNIÈRES NOUVELLES DES OISEAUX,
Stock, 2005 ; Le Livre de Poche.

VOYAGE AUX PAYS DU COTON,
Fayard, 2006 ; Le Livre de Poche.

SALUT AU GRAND SUD,
en collaboration avec Isabelle Autissier
Stock, 2006 ; Le Livre de Poche.

LA RÉVOLTE DES ACCENTS,
Stock, 2007 ; Le Livre de Poche.

LA CHANSON DE CHARLES QUINT,
Stock, 2008 ; Le Livre de Poche.

L'AVENIR DE L'EAU, PETIT PRÉCIS
DE MONDIALISATION N° 2,
Fayard, 2008.

www.livredepoche.com

- le **catalogue** en ligne et les dernières parutions
- des **suggestions de lecture** par des libraires
- une **actualité éditoriale permanente** : interviews d'auteurs, extraits audio et vidéo, dépêches…
- **votre carnet de lecture** personnalisable
- des **espaces professionnels** dédiés aux journalistes, aux enseignants et aux documentalistes

Composition réalisée par NORD COMPO

Achevé d'imprimer en février 2009, en France sur Presse Offset par
Maury-Imprimeur - 45330 Malesherbes
N° d'imprimeur : 144423
Dépôt légal 1re publication : mars 2009
LIBRAIRIE GÉNÉRALE FRANÇAISE - 31, rue de Fleurus - 75278 Paris Cedex 06

31/2610/9